霍向东 著

泮水弦歌

江苏大学出版社
JIANGSU UNIVERSITY PRESS
镇江

图书在版编目(CIP)数据

泮水弦歌 / 霍向东著. -- 镇江：江苏大学出版社，
2023.8(2024.12 重印)
  ISBN 978-7-5684-1990-1

  Ⅰ. ①泮… Ⅱ. ①霍… Ⅲ. ①诗集 － 中国 － 当代
Ⅳ. ①I227

中国国家版本馆 CIP 数据核字(2023)第 129846 号

泮水弦歌
Panshui Xian'ge

著　　者/霍向东
责任编辑/柳　艳
出版发行/江苏大学出版社
地　　址/江苏省镇江市京口区学府路 301 号(邮编：212013)
电　　话/0511－84446464(传真)
网　　址/http：//press.ujs.edu.cn
排　　版/镇江文苑制版印刷有限责任公司
印　　刷/江苏凤凰数码印务有限公司
开　　本/718 mm×1000 mm　1/16
印　　张/17.5
字　　数/230 千字
版　　次/2023 年 8 月第 1 版
印　　次/2024 年 12 月第 2 次印刷
书　　号/ISBN 978-7-5684-1990-1
定　　价/60.00 元

如有印装质量问题请与本社营销部联系(电话:0511-84440882)

序

  霍向东是江苏大学教授，长期从事物理冶金研究，在教学、科研之余仍手不释卷，歌以咏志，被誉为"钢铁诗人"。2016 年 8 月，其诗集《诗悟人生》出版发行，在社会上引起了较大反响。时隔 7 年，向东教授的第二本诗集又要出版了，作为志同道合的好朋友，我由衷感到高兴。

  我认真阅读了《泮水弦歌》的内容，同《诗悟人生》相比，感觉其体裁更加丰富、表达更加流畅、思想更加深刻、境界更加开阔。总之，这些年来，向东的诗写得是越来越好了！

  向东从小爱好诗歌，天命之年仍勤学不辍。从沉醉于文字的优美，到专注于感情的表达，他把阅读积累付诸创作实践，由此走上"知行合一"的诗词之路。向东已经把"致真诚"作为人生追求，这反映在日常生活和诗词作品中。读他的诗，定会让人如沐春风，感受到真诚。诗集题名为"泮水弦歌"，既具有岸上行吟的生活气息，又反映出弦歌不辍的"立人"情怀。因此，这本诗集不但真实记录了"知行合一　致真立人"的发展过程，而且是这一理念结出的硕果。

  2015 年 9 月 13 日，在华南理工大学课题组例会上，我提出了"知行合一　致真立人"理念；2016 年 8 月 21 日，我在华南理工大学主持召开了《诗悟人生》出版发行座谈会暨"知行合一　致真立人"理念分享发布会；2020 年 6 月 27 日，《知行合一　致真立人》新书发布会在广州举行。如今，《泮水弦歌》成为"知行合一　致真立人"发展过程中又一个重要的里程碑。我们永远不会停下探索和践行的脚步，因为——致真没有终点，我们都在路上！

习近平总书记指出：文化自信，是更基础、更广泛、更深厚的自信，是更基本、更深沉、更持久的力量。面对百年未有之大变局，引导当代青年树立文化自信的重要性不言而喻。文化自信不是比较谁强谁弱、孰优孰劣，而是精神上独立自主，相信自己在前进的道路上可以面对一切困难、迎接任何挑战。《大学》开篇"大学之道，在明明德"，《中庸》开篇"天命之谓性，率性之谓道，修道之谓教"。因此"教育"不能仅局限在学校里教书育人，故"立人"也就有了更为广阔的含义，那就是：反求诸己，素位而行，走在正确的人生道路上，追求"自我实现"！"道阻且长，行则将至。"同样，中国的问题只能靠中国人自己解决，中华民族必然会走出适合自己特点的发展道路！

为此，"广东博士创新发展促进会"（简称"广东博促会"）专门成立了"文化与教育专业委员会"。向东传统文化的造诣很深，并且以教育为使命，当选为"广东博促会文化与教育专业委员会主任委员"。作为"广东博促会"会长，我将发动更多文化、教育、哲学、体育等领域的高层次人才加入专业委员会，共同关注教育发展，树立文化自信。同时，"广东博促会"也将深入践行"知行合一 致真立人"理念，把更多的科研论文写在中国大地上，"当党和人民需要的真博士、真专家"。

最后，祝愿向东在"致真诚"的人生道路上越走越远，越走越坚定，并不断创作出更多更好的诗词精品！

华南理工大学教授、博士生导师 俄罗斯工程院外籍院士

李烈军

前 言

　　我的第一本诗集《诗悟人生》于2016年8月出版，一晃已经过去7年了。其间，我一直用诗记录生活，表达感情，说出领悟，配上图片发在微信朋友圈中。这是一个很好的平台，写诗首先是表达的需要，如果写出了真情实感的好句子，就会引发更多的关注。如果写完了就束之高阁，不但难以取得进步，而且还能不能坚持到现在都很难说。

　　我半辈子从事物理冶金研究，因为写诗被谬赞为"钢铁诗人"。有位朋友说，正是从山东来到江南的这段经历，促使我进行诗词创作，成了诗人。这也许是对的，江南烟雨在北方是想象不出的，北方有小雨、大雨、暴雨，有各种各样的雨，却唯独没有烟雨。

　　家门口的古运河为我提供了无穷的诗材，有时就会想，也许是漂泊已久的诗心回到了故乡吧！

　　出了小区门口，过了马路，就是古京杭大运河的观光带。老子说"上善若水"，孔子说"智者爱水"，而双鱼座的我和运河究竟有怎样的缘分呢？在这里，我经历风霜雨雪，体会阴阳消长，陪伴花开叶落，感受岁月沧桑。而她把春夏秋冬的美展示给我看，把四季如歌的弦拨给我听。"情动于中而形于言，言之不足故嗟叹之，嗟叹之不足故永歌之……"一天天，一年年，就这样，我在运河岸上低吟浅唱，不辍弦歌。

　　与《诗悟人生》分为并列的六个篇章不同，本诗集以古运河边的春夏秋冬、节气变化为主线，亲情、赠答、旅行等内容按照时间顺序编入其中。相比之下，这本集子中的诗歌体裁更加丰富，包括绝句、律诗、古风、长短句和现代诗等多种形式。我在上本集子中表述了这样的诗观——"真"是诗歌的灵魂，诗是"致真"的途径。在这里又增加了一个"诚"字。程颐提出"无妄之谓诚"，朱熹把"诚"解释为"真实无妄"。其实"真"和"诚"在本质上没有区别，只是"致真"和"用诚"在知和行、学习和创作、理论和实践上各有侧重。

我以前不理解杜甫，也不赞成"为人性僻耽佳句，语不惊人死不休"的苦吟，并且认为对仗不是必要的。后来逐渐深入杜甫的内心世界，体会到了他的遭际、坚守和喜怒哀愁，渐渐领略到"鲸鱼碧海、巨刃摩天"的宏大气象，才认识到自己当年的肤浅，慢慢也会有意把对仗运用到自己的诗中，真正开始了律诗的创作。如果说《诗悟人生》出版前对我影响最大的诗人是苏轼，这之后便是杜甫了。这也许是我在诗词之路上所受影响最显著的变化了。

转益多师是吾师

杜甫在《戏为六绝句》中写道："别裁伪体亲风雅，转益多师是汝师"，提出了有所选择和甄别、多方面寻找老师、博采众长的创作观点。在《红楼梦》第四十八回"黛玉论诗"一段，黛玉对香菱说道："你若真心要学，我这里有《王摩诘全集》，你且把他的五言律读一百首，细心揣摩透熟了，然后再读一二百首老杜的七言律，次再李青莲的七言绝句读一二百首。肚子里先有了这三个人做了底子，然后再把陶渊明、应玚、谢、阮、庾、鲍等人的一看。"曹雪芹提出了广泛学习和选择师法对象的观点。

我从小喜欢读诗，初中时就买了《千家诗》背诵，现在家里还保存着上海古籍出版社 1983 年出版的《宋诗一百首》，是上初一时在乡村书店里买的。上高中时流行知识竞赛，当我答出"轻罗小扇扑流萤"的作者时，主持人都很惊讶。大学毕业后想学习《诗经》，

泮水诗歌

走遍了济南泉城路也没有买到，倒是从上海古籍出版社出版的《情诗三百首》中领略了它的风采："自伯之东，首如飞蓬。岂无膏沐？谁适为容！"这样的诗句，让人震撼！

心有所想，皆如所愿。我的一位邻居，江苏大学文学院原副院长，就是专门研究《诗经》的。受她影响，我也陆续看过几个版本，主要是程俊英的《诗经注析》、南宋朱熹的《诗集传》等。孔子这样评价："《诗》三百，一言以蔽之，曰：'思无邪'。"它扎根于社会现实生活，没有虚妄怪诞。作为我国第一部诗歌总集，与古希腊的荷马史诗《伊利亚特》《奥德赛》不同，《诗经》主要是抒情言志之作，其句式以四言为主。《诗经》对后来的诗人有着广泛而深远的影响。

楚辞和《诗经》一起成为中国诗歌的源头。我主要看过朱熹的《楚辞集注》和洪兴祖的《楚辞补注》。楚辞大多瑰丽飘逸、浪漫奔放。《离骚》是屈原的代表作，"路曼曼其修远兮，吾将上下而求索""亦余心之所善兮，虽九死其犹未悔"都是其中的名句。屈原以他伟大的人格和高尚的情操受到后代文人的敬重。苏轼从海南流放回来写下了"九死南荒吾不恨，兹游奇绝冠平生"的诗句；汉代贾谊被贬长沙，渡湘水作《吊屈原赋》；杜甫在《天末怀李白》中写道："应共冤魂语，投诗赠汨罗。"

汉代诗歌首推《古诗十九首》，其辞藻朴素自然、情真意切、浑然天成。同"河汉清且浅，相去复几许？盈盈一水间，脉脉不得语"相比，秦观的《鹊桥仙》"纤云弄巧，飞星传恨"略显雕琢了，质木无文，反而真切。李陵和苏武的赠答诗，蔡文姬的《胡笳十八拍》，也都是上品。清人沈德潜所编的《古诗源》收录了唐代以前的诗歌，其用意是上溯古诗之源头，"以渐窥风雅之遗意"，可见沈德潜重视作品风骨，提倡自然，反对雕琢。

魏晋南北朝是文学自觉的时代。"蓬莱文章建安骨"，李白曾在诗中由衷赞美了建安风骨。曹操创作了《观沧海》《龟虽寿》等四言名篇，毛泽东同志曾经说过："我还是喜欢曹操的诗，气魄雄伟，慷慨悲凉，是真男子，大手笔。""七步成诗"的故事使我很早就知道"才高八斗"的曹植，他是第一个大量创作五言诗的文人。我曾借阅过阮籍的集子，对《咏怀诗》印象深刻。杜甫曾用"清新庾开府，俊逸鲍参军"来赞美李白的诗，也曾咏叹"庾信平生最萧瑟，暮年诗赋动江关"。据说毛泽东晚年喜读庾信的《枯树赋》中"昔年种柳，依依汉南；今看摇落，凄怆江潭。树犹如此，人何以堪"的句子。庾信的集子我没有完整读过，倒是看过鲍照和谢灵运的，这一时期诗人的作品大多都是通过《古诗源》和《文选》了解的。我曾反复读过袁行霈先生撰的《陶渊明集笺注》，陶潜是田园派的鼻祖，其诗句如清泉般缓缓流出，达到了与自然的和谐。他对我的影响很大，在人生路上我要顺其自然，返璞归真。

　　唐诗的成就最高，我读的也最多。1997年春节，我爱人值夜班，我在除夕夜独自守岁，把《唐诗鉴赏辞典》看了一遍，它带我走进了唐诗的世界。后来人民文学出版社出版的《李白诗选》曾长期陪伴着我。一本刘永济先生选释的《唐人绝句精华》是我在北京旧书市场淘来的，我爱不释手，咂摸着、咀嚼着绝句的味道，"四明狂客"贺知章、诗佛王维、"七绝圣手"王昌龄、诗仙李白、"五言长城"刘长卿、诗豪刘禹锡、杜牧等都是绝句的顶尖高手。隋末唐初的王绩我也很喜欢，杜甫曾这样赞扬初唐四杰："尔曹身与名俱灭，不废江河万古流。"此外，还有孟浩然、高适、岑参、韦应物、柳宗元、李贺等诗人，他们交相辉映、灿若星辰。"诗魔"白居易之所以能与李、杜并称为唐代三大诗人，在于他拥有全面且高超的艺术水平，无论是讽刺诗、叙事诗，还是抒情诗，他都留下了许多优秀的诗篇，如《长恨歌》等。"黛玉论诗"精准到位，王维擅长五律，上海古籍出版社出版的《王右丞集笺注》是很好的读本。李白五律如清水芙蓉、巧夺天工，《渡荆门送别》等都是名篇。李商隐是七律创作的高手，刘学锴先生的《李商隐诗歌集解》没来得及细看，郑在瀛先生的《李商隐诗歌今注》却认真读完了。杜甫的五律和七律都达到了极高的艺术成就，我从清朝边连宝著的《杜律启蒙》中获得了很多。家中有中华书局出版的仇兆鳌《杜诗详注》和上海古籍出版社出版的杨伦《杜诗镜铨》，我对后一本尤感兴趣。

　　每次出远门我都会带几本书，读博士期间到广州做课题时在路上读了钱锺书先生的《宋诗选注》，对陆游悼念唐婉的诗"伤心桥下春波绿，曾是惊鸿照影来"记忆犹为深刻。尽管学习填词较晚，但是我上大学时就读过《唐宋词鉴赏辞典》，比较喜欢李煜、苏轼、李清照、辛弃疾的作品。后来经过不断学习，又在"喜马拉雅"App上收听了广州大学曾大兴教授的《唐宋词十八讲》，了解了唐宋词发展的脉络，了解了花间词和南唐词、婉约派和豪放派。总体上，我的写作受豪放派词人的影响更大，尤其是苏轼。2006年，在山东大学中心校区南门外面的书店，我购买了中华书局的《苏轼诗词选》，它和《李白诗选》一起长期陪伴着我，我也跟随东坡颠沛于黄州、惠州、儋州的足迹，看着他创作日臻完美，悟境渐趋超凡脱俗，更窥见他达观、真实、伟大的灵魂。

　　明清以后的诗词我读的不多。在学习"阳明心学"的过程中，也领略了王阳明诗文的风采。"龙场悟道"后，阳明先生不再刻意为文，所为之文皆写眼中所见、发心中所感，写景自然无雕琢，行文率性不拘泥。我还阅读过性灵派诗人袁枚的诗集，因为他主张诗歌应当抒发"真性情"。近现代，毛泽东的诗词创作取得了很高的艺术成就，是唐诗宋词后的又一座高峰，他完全可以和中国历史上的任何伟大诗人并驾齐驱。

　　徐志摩的《再别康桥》、戴望舒的《雨巷》、余光中的《乡愁》、汪国真的《热爱生命》、舒婷的《致橡树》等，都是现代诗中的精品。另外，还有贺敬之的《回延安》，我小学第一次听高年级的同学朗诵就喜欢上了它："杜甫川唱来柳林铺笑，红旗飘飘把手招。白羊肚手巾红腰带，亲人们迎过延河来。"有真情实感的都是好作品，无论是古诗词还是现代诗！

　　"熟读唐诗三百首，不会作诗也会吟。"我能够进行诗词创作，和多年的积累是分不开的。陶渊明、李白、杜甫、苏轼、毛泽东对我的影响很大，而其他诗人对我的影响是潜移默化的，在我的诗中经常会有前人作品的痕迹，但这并不是故意地模仿或抄袭。我读过的诗都点点滴滴融入了我的生活，而那些诗人可以说都是我的老师。

知行合一诗词路

在《论语·阳货》篇中，孔子说："小子何莫学夫诗？诗，可以兴，可以观，可以群，可以怨。迩之事父，远之事君；多识于鸟兽草木之名。"我们认识的鸟兽草木实在太少了。楚辞中的香草香木共有三十四种之多，许多文雅的名字现在都不用了。这些年，在运河边我认识了那么多花，梅花、玉兰、桃花、李花、樱花、海棠、蜀葵……而以前我对它们的印象都是模糊的。

在这里，孔子说的是《诗经》，其承载的入世精神、现实态度、政治功能、道德意识也许就是人们常说的"风雅"吧！《论语》中曾多次引用《诗经》里的诗句。孔子告诉自己的儿子孔鲤："不学诗，无以言。"还教育他说："女为《周南》《召南》矣乎？人而不为《周南》《召南》，其犹正墙面而立也与？"《论语》中记载了孔子和学生子贡的一段对话。子贡曰："贫而无谄，富而无骄，何如？"子曰："可也。未若贫而乐，富而好礼者也。"子贡曰："《诗》云：'如切如磋，如琢如磨'，其斯之谓与？"子曰："赐也，始可与言《诗》已矣，告诸往而知来者。"因此，中国传统文化中一直有"温柔敦厚"的诗教传统。

从诗中我们学到的东西太多了。"气蒸云梦泽，波撼岳阳城"，"吴楚东南坼，乾坤日夜浮"，从孟浩然和杜甫的诗中可以领略到洞庭湖的雄浑壮阔。"未到江南先一笑，岳阳楼上对君山"，黄庭坚的诗引发了我对君山的向往。要了解"安史之乱"，唐朝由盛转衰的历史，没有比杜诗更好的读本了，因此他的诗也被后人称为"诗史"。在济南大明湖的历下亭、杭州西湖的苏堤、扬州瘦西湖的廿四桥，就会想起杜甫、苏轼、杜牧的诗句，体会在风景之中浸润着的文化。

泮水诗歌

"海右此亭古,济南名士多","欲把西湖比西子,淡妆浓抹总相宜","二十四桥明月夜,玉人何处教吹箫"。古人作诗喜欢用典,杜甫诗中就有"三顾茅庐""昭君出塞""巫山云雨""山阴夜雪""王粲登楼"等众多典故。毛泽东同志用诗词生动记录了中国共产党在那段峥嵘岁月里的奋斗足迹、艰辛历程和辉煌成就,从中可以很好地学习中国革命和社会主义建设的历史。为学日益,在古诗词中有取之不尽、用之不竭的知识宝藏,而苏轼在诗中写有"腹有诗书气自华"。

　　鲁迅先生说过:"我们自古以来,就有埋头苦干的人,有拼命硬干的人,有为民请命的人,有舍身求法的人……这就是中国的脊梁。"这个世界不只有眼前的苟且,还有诗与远方。"亦余心之所善兮,虽九死其犹未悔"的屈原,"莫等闲,白了少年头,空悲切"的岳飞,"零落成泥碾作尘,只有香如故"的陆游,"把吴钩看了,栏杆拍遍,无人会,登临意"的辛弃疾,"人生自古谁无死,留取丹心照汗青"的文天祥,"粉骨碎身浑不怕,要留清白在人间"的于谦,"苟利国家生死以,岂因祸福避趋之"的林则徐……正是由于他们的存在,中华民族才能长盛不衰,这就是文化自信的力量。

　　2004年至2006年在广州做博士后研究期间,我开始了诗词创作,走上了"知行合一"的诗词之路。写诗首先是情感表达的需要,陕北羊倌赶着羊群,在黄土高坡上唱着《信天游》,也需要情感表达。另外,写诗也是一种创造,中华民族是富有创新精神的,光彩夺目的唐诗宋词就是最好的证明。北京科技大学的王连忠教授是我的硕士生导师,他退休后学习书法、绘画,也喜欢诗词。我问他为什么不学着写诗词,老师告诉我:"学诗词太难了,不像书法、绘画一样可以临摹,有章可循。"诗词创作当然离不开多年的积累,但那只是"渐修"的过程,而实现"顿悟"需要机缘。我一个人在广州,感情郁结着,要找到宣泄的渠道,当时正好在读王力先生的《诗词格律》,就写下了《念家》这首诗:

锦绣繁华地，浑然不相干。

晨醒独身苦，夜梦合家欢。

体弱妻多累，年幼子少怜。

千里共明月，恨隔万重山。

　　这可以说是我创作的第一首诗。从沉醉于文字的优美，到专注于感情的表达，是我诗歌创作的开端。

　　写诗不是一项技能，诗人也不是技工。诗人什么也没有，他不像木匠，有一门手艺；不像科学家，可以应用逻辑；不像画家，可以信手涂鸦；更不像农民，拥有手里的犁耙。诗是不期而遇的，你不知它什么时候会来，什么时候会走，"文章本天成，妙手偶得之"。此前所有的积累都是"有"，都是在为"无"做准备，等待着心动的到来。心动也许是一个瞬间的感觉，也许是长久、强烈的情绪，抓住这种感觉和情绪并把它表达出来，就完成了诗词创作。前者如孟浩然的《春晓》，后者类似于拙作《念家》的写作过程。"有心者得，无心者通"，不想作诗，太想作诗，都成不了诗人，这类似于孟子所说的"勿忘勿助"。

　　说起写诗的体会，"譬如饮水，冷暖自知"。现代社会生活节奏太快了，说实话，没有多少人会花时间关注你的作品，但写诗绝不是为了自娱自乐，它源于生命的体验、情感的表达、创作的冲动。但生活中毕竟还有更紧要的事，早起在运河边散步，触景生情，一般在路上就会完成创作，回到家中是没有多少时间写诗的。写诗可以丰富生活，但不能妨碍生活。有很多诗是在旅途中写成的，我在高铁上享受着诗意和闲暇，从来不会觉得无聊、寂寞，不知不觉就到了终点站。

　　《诗悟人生》是我的第一本诗集，正如副标题"平凡赤子心，逆旅致真行"所言，它最大的特色就是真诚。一定要有真情实感，这是我写诗的原则，本诗集也是这样。七年的创作究竟取得了多少进步，我不好说，这有待于读者去评判，但是诗歌体裁是大大丰富了。《诗悟人生》以绝句为主，即使有八句的五言或七言诗，也不讲究对仗，平仄较为随意，算不得律诗；其中也有几首词，由于不熟悉格律、技巧不熟练，或空发议论，或情景相隔，只能算是初步尝试；而当时我在现代诗的创作上还没有放开手脚，纠结于形式和内容的关系，不能率性而为。

我很早就从图书馆借阅《杜律启蒙》，但当时看不懂，因为还没有律诗的基础，书中的标记也不太明白，关键是对杜甫缺乏了解。后来逐渐走入杜甫的世界，跟随他快马轻裘，困守长安，历经安史之乱，漂泊西南，终老湘潭。《杜诗镜铨》和《杜诗详注》都采用编年的体例，记录了杜甫的心路历程。李白被贺知章称作"谪仙"，天纵奇才，而杜甫经过生活的磨砺，正如"庾信文章老更成"，所以历来有"杜可学，李不可学"之说。

杜甫是真诚的，他的创作态度也是认真的，"晚节渐于诗律细"，他自己也认为，他的律诗创作越来越成熟，越臻于完善。后来，我对《杜律启蒙》爱不释手，反复翻看，出差也随身携带，在图书馆不停地续借。《诗悟人生》出版后，2016年我开始学习五律，2017年年底有意识地写作七律，2018年夏天以后七律创作渐多。记得杜诗五律中有一句"绿垂风折笋，红绽雨肥梅"，对颜色、状态的描写让人观感强烈，就有意识地把它用在自己的诗句中。

律诗中间两联讲究对仗，我就在对联上下功夫。生活中对联随处可见，如过年时门上贴的春联，尤以风景名胜、寺庙为多。我买了《名联鉴赏辞典》《素月楼联语》《楹联丛话》进行学习，混迹于几个对联爱好者群中，受益匪浅。

写词的主要困难在于词牌众多，不像律诗和绝句的形式整齐划一，按照格律填词会影响感情的表达，我始终找不到好的创作方法。2019年暑期我到四川成都，那里山清水秀、地灵人杰，让我抑制不住表达的冲动，就自创了"五五七七五五"的句式，其实这还是诗的表达方式。说起来，词并不难写，它和诗一样，首先要专注于情感的表达。我喜欢苏东坡等人的作品，对《卜算子》《西江月》《临江仙》《蝶恋花》《江城子》《水调歌头》等词牌较为熟悉，心动时就会自然选择某一词牌的名篇，按照其形式构思、表达，然后再用《白香词谱》《唐宋词格律》或者百度校正，开始生疏，慢慢地就越来越熟练了。

我学写诗是从"格律诗"入手的。诗歌的主要作用是表达感情，现代诗也不例外，而诗词写作的语言精练、用韵熟练等对现代诗的创作是大有裨益的。

汉语拼音的出现意义重大，它不但帮助人们认字读书，而且使诗词的学习和创作简单了许多。有朋友建议学一下平水韵，我有过纠结，但最终没有去学。学写诗词到现在，我一直用小学时学的（汉语拼音）声母和韵母的知识去押韵，而"平仄"用汉语拼音的"四声"就可解决，第一声（阴平）和第二声（阳平）作为"平"，第三声（上声）和第四声（去声）作为"仄"。近体诗的"平仄"讲究"粘对"，在对句中平仄关系是相反的，这是"对"；第（$2n+1$）句第二字的平仄要和第 $2n$ 句第二字相一致（$1 \leqslant n \leqslant 3$），这叫"粘"。对仗是律诗的重要标志，它要求颔联（三、四句）、颈联（五、六句）对仗，要使相应词语的词性相同或相近，且平仄相反。绝句和律诗分别为四句和八句，又各有五言、七言两种形式。

词和近体诗一样具有形式之美，只是更加错综复杂、富于变化。词的有些位置可平可仄，在有些词牌中可以"失粘"，可以通过用韵的稀疏、韵脚的平仄和句子的长短、排列表达感情的紧张舒缓、起伏变化，等等。

《红楼梦》中黛玉同香菱论诗时道："正是这个道理，词句究竟还是末事，第一立意要紧，若意趣真了，连词句不用修饰，自是好的，这叫做'不以词害意'。"完美的形式有助于更好地表达感情，但是在形式和内容无法兼顾的情况下，那就"舍鱼而取熊掌者也"，以感情表达为主。

我以我笔写我心

我曾写过一首七绝表述诗观："我以我笔写我心，少陵千古有知音。乾隆四万八千首，不晓何诗吟到今！"

"诗言志"语出《尚书·尧典》，"诗缘情"出自陆机的《文赋》，我上本诗集的题目为"诗悟人生"，不论"志""情"还是"悟"，总之都和心有关，或者可以说"心外无诗"。李商隐是言情的高手，他的文字华丽空灵，感情内涵丰富，如《锦瑟》全诗，还有"身无彩凤双飞翼，心有灵犀一点通""春蚕到死丝方尽，蜡炬成灰泪始干""春心莫共花争发，一寸相思一寸灰"等诗句。毛泽东诗词境界宏大、气吞千古，志向无人可及。"诗言悟"无人可出苏轼其右，"不识庐山真面目，只缘身在此山中"，说透了人生的哲理。

清代诗人喻文鏊认为："如得其心，则粗处皆精、拙处皆老、浅处皆深、率处皆真。情真也，动人处正不必在多。"他还提出了"真外无新"的观点。"诗为心声"，诗是表达思想和感情的，如果掺了假，就不会成为名作，也没有生命力。不矫揉造作，无过犹不及，就是真性情，怪不得孔子评价《关雎》为"乐而不淫，哀而不伤"。如果说写诗是真性情的流露，那么读诗就是在倾听真心的语言。

杜甫是真诚的，始终保有一颗赤子之心。他和夫人杨氏携手白头，生死相依，不离不弃。他身陷长安叛军，思念远在鄜州的家人，一句"香雾云鬟湿，清辉玉臂寒"，把妻子写得这么美！居住在成都浣花溪边的草堂，"昼引老妻乘小艇，晴看稚子浴清江"，"老妻画纸为棋局，稚子敲针作钓钩"，多么富有生活气息！他和兄弟之间骨肉情深，流寓秦州时写下《月夜忆舍弟》："露从今夜白，月是故乡明。有弟皆分散，无家问死生。"他对朋友的感情是深厚、真挚的，《赠卫八处士》的别易会难、情真意切，《彭衙行》的感激涕零、念念不忘；和李白结伴漫游后，他在春天、冬日、天末、梦里，用尽了一生的思念，"文章憎命达"也成了自己一生的真实写照。杜甫富有家国情怀，"国破山河在，城春草木深。感时花溅泪，恨别鸟惊心"，为了国家和人民，"我能剖心血，饮啄慰孤愁"。他热爱和同情劳动人民，"朱门酒肉臭，路有冻死骨"，"安得广厦千万间，大庇天下寒士俱欢颜"，"堂前扑枣任西邻，无食无儿一妇人"……

王国维在《文学小言》中说："三代以下之诗人，无过于屈子、渊明、子美、子瞻者。此四子若无文学之天才，其人格亦自足千古。故无高尚伟大之人格，而有高尚伟大文章者，殆未之有也。"没有一点私欲，就是圣人。杜甫被称为"诗圣"，正是由于他人格的伟大和他的"真诚"。

有位老领导曾经问我："向东，你怎么写不出苏东坡那种风格的诗呢？""因为我不是苏轼啊！"每个诗人都有自己的风格特点，有人曾将苏轼和柳永的作品进行对比："柳郎中词，只合十七八女郎，执红牙板，歌杨柳岸，晓风残月。学士词须关西大汉，铜琵琶铁卓板唱大江东去。"我们永远成不了李白、杜甫，但只要"真诚"，也只有"真诚"，就会逐渐形成自己的风格特点。

毛泽东在《忆秦娥·娄山关》中写下"苍山如海，残阳如血"，我从未见有人曾如此表达。因为胸怀广大，所以看"苍山如海"；紧张激烈的战斗刚刚结束，战士们正在打扫战场，所以视"残阳如血"。其实，不需要刻意创新，"真诚"就是创新的动力和源泉。诗人眼中、笔下的世界就是他内心的世界。读伟大诗人的作品就像走入另一个世界，带动你的情绪和感官，大大扩展了个体的认知和对生命的体验。而写诗"致真诚"就是修行，因为你就是世界、世界就是你，你改变了，世界就改变了。

启功先生说过："唐以前的诗是长出来的，唐诗是嚷出来的，宋诗是想出来的，宋以后的诗是仿出来的。"诗歌原本是从天地里、生活里、内心里生长出来的，到了盛唐，格律形式趋于完善，诗人们往往直抒胸臆。超越唐诗谈何容易，宋人为了实现创新，就需要苦思冥想。再后来，诗人丢掉了"真诚"，诗歌没有了灵魂，就只有模仿了。有位写诗的朋友说"李白没什么"，自己也能写出"飞流直下三千尺"的句子。其实这是抄袭和模仿，如果他是原创的话，"一千尺"就是李白，否则"九千尺"也是"李黑"。西施的妩媚是由内而外散发出来的，东施效颦会适得其反！

"真"和"诚"其实是一回事，它不能用"有"来定义，勉强可以用"无"去说明，比如道家说的"无为"，佛家说的"无住"，儒家说的"无私"，此外还有"无我""无求""无妄"等。执着于"有"就会产生比较和竞争，胜出靠的是聪明和能力。但只有领略到空和无，才可能称为智慧。因为"有"总是有限的，"空"和"无"才能是无限的。诗词的学习和创作是不能截然分开的，只是在"致真"和"用诚"方面分别有所侧重。

诗词创作源于心动。《易经》中说："无思也，无为也，寂然不动，感而遂通。"《中庸》里说："诚者，不勉而中，不思而得，从容中道，圣人也。"写诗的动机是"无中生有"的，是"不虑而知，不思而得"的；创作的过程要"不勉而中""从容中道"，无过亦无不及。写诗要遣词、造句、炼字、润色、修改，尤其初学者对文字和格律的掌握不很熟练，有时需要苦思冥想，但始终要以感情和情景的真实表现为根本。这就是我所理解的"修辞立其诚""不以词害意"。

学写诗词是一个"致真诚"的过程，其方法和途径是"博文约礼""为学日益，为道日损""格物，致知，诚意，正心"，"博学之，审问之，慎思之，明辨之，笃行之"。南宋诗人陆游告诉儿子："汝果欲学诗，功夫在诗外。"读万卷诗书不如行万里路，行万里路不如阅人无数，阅人无数不如高人指路，高人指路不如自己领悟。领悟什么？领悟"真诚"。相对而言，"致真"是运用思维的过程，"用诚"是放下思维的过程，"用诚"包含了"致真"的努力，"致真诚"就是"知行合一"的过程。在"真诚"的驱使下，所有的文辞、形式和技巧都是为表达感情服务。

人生有三苦，"恨别离，怨憎会，求不得"。学会了真诚，身体依然会累，但心就不会苦了。

我为爱情和亲情写下诗篇。什么是爱情呢？一见钟情，如胶似漆，柴米油盐，相濡以沫……根本还是真诚！控制不是爱，委屈不是爱，抱怨不是爱，甚至奉献也不是爱，只有真诚才会生发出爱。渐渐习惯了父母的衰老，自己也一样，这都是没有办法的事，想到了就去做，能做什么就做什么，该做什么就做什么。"儿孙自有儿孙福，莫为儿孙作马牛。"为别人活着累不累呢？有儿女的人都一样，是种执着，是种依赖。他们有自己的能力、爱好、命运和未来，我们改变不了他们，能做多少做多少，能帮多少帮多少，能给多少给多少。哥哥在我的影响下开始学习传统文化，越来越深入，我们也有了更多的共同语言，有时在一起讨论"真诚"。

我为友情写下诗篇。"书中唔圣贤，常与高人谈。闻弦知雅意，处处结善缘。"这是我的向往。西方哲学家康德曾说过："人是目的，不是手段。""少一点套路，多一点真诚"，友谊就会不期而至。志同道合，坦诚相见，趣味相投，一见如故，红尘中常被"真诚"感动。有些朋友走着走着就散了，想着想着就不见了，当时写下的诗词都是真情实感，万事皆随缘，且行且珍惜，缘去莫留恋。

我为师生情写下诗篇。"父母赐我骨肉，恩师教我树立"，教育是一种传承。我爱与学生们聊天，美丽的校园提供了广阔的空间。梅花林、樱花林、湖畔连椅、山中小亭、杨柳春风、江南细雨，讨论科研和工作，思考未来和人生，心旷神怡。我不觉得自己是在奉献，这是我喜欢的，是我喜欢的真诚。我在从事教育事业的过程中收获了快乐，如果单纯牺牲自己、无私奉献，绝不可能产生对教育事业由衷的热爱。有个学生毕业之后经常回来看我，有一次说道："老师，您对我太好了。""其实，我对你们都是一样的。"情况真是这样，我没有特别刻意，只是在做自己该做的事、能做的事，走在"致真诚"的人生道路上。

……

我为运河写下了太多的诗篇。如果说，来到江苏大学是我的选择，那么与运河朝夕相伴就是上天的恩赐。刚搬来的时候，人少，有时会想："这是我一个人的运河呢！""风雨送春归，飞雪迎春到"，立春前后的飞雪，不过是为了迎接春的到来罢了。不知从什么时候，开始惦念梅花，随后是玉兰、樱花、桃花、海棠……开始留意鸟的叫声，还有青蛙的、知了的、蟋蟀的叫声，以及野鸭划水、游鱼弄波的声音，四季如歌。春草一根根地绿，秋叶一片片地黄，每天和犬儿在运河边散步，就对生命有了更深的体验，生命美好而可贵，彼此并没有多大不同。哪一种花不是开成自己的样子呢？从桂花身上我看到了独立。不争春光，开在中秋，身如米粒小，香气满江天。大点小点，高点矮点，美点丑点，哪一片叶子能挂在枝头永不凋落呢？从中我体会到了平等。看一下运河风光吧！这里并不是只有春花的艳丽，也有夏雨后的清新，秋叶飘落的静默，冬雪覆盖的苍茫，毫无伪饰，毫不做作。在岁月更迭中，我感受到了真诚。

人生是一场旅行，也是一次修行，我们常常受到局限而不自知。怎样认识到局限并超越它？"千圣皆过往，良知是吾师"，在诗词创作上我没有固定的老师，"真诚"就是我的老师。从绝句到律诗，从唐诗到宋词，当然还有现代诗，我会写得越来越好。最近学了一个词——"夷然不屑，所以尤高"，我不靠它吃饭，也不和别人比较，没有压力，没有竞争，反而可以做得更好。而将诗词创作融入文化、教育甚至生命中，就有了目标和方向，那就是——"致真诚"。

《金刚经》中讲："无住相布施，福德不可思量。"正如门前那条千年的运河，滋润着万物，生而不有，为而不恃，任由花开叶落，不管春夏秋冬，缓缓东流。流向它应该去的方向！

目　录

2018 年 父母乔迁

2019 年 致真用诚

2020 年 本命年

2021 年 文化与教育

2022 年 知天命

2016
/
2017
年

家有考生

章节前言

　　来到镇江已经十年多了。初到江南之际，由于爱人要办调动手续，我先带着 8 岁的儿子离开济钢，他听我说这边作业少，很是高兴，像小狗一样跟着我上了火车。那时还没有高铁，坐的是硬卧，到现在我还记得过长江时那漫天的朝霞。

　　儿子小学、初中都在江苏大学附属学校，中考有惊无险地考上了镇江市第一中学。学习成绩尽管波澜不惊，但也总让人提心吊胆，家有考生的父母都能体会。高考前的气氛紧张凝重，从后视镜里看到从考场出来的他，猜测着表情，却并不敢问考得怎样，一路沉默。去参加自主招生时满怀希望，收到成绩后铩羽而归。得知高考成绩的意外，参加招生宣讲会的疲惫，志愿填报完的轻松。记得录取的消息传来时，我正在卧室的蚊帐里盘着腿翻看《白鹿原》，以舒缓心情。终于尘埃落定了！对于我们来说，儿子高考是这两年最大的事情。

　　随后，带儿子去日本旅游，确切地说，是他带我去的。行程都是听他安排，两人晚上回宾馆睡觉，白天分头行动。开学前，他自己又去了一趟，其间有几天联系不上，我们担心极了，时刻守在手机旁边。原来他在东京感冒发烧，去药店买了药，吃了后在宾馆里躺着，也不敢告诉我们。从那以后，他再去哪里我们都不用担心了，孩子长大了！

　　儿子小的时候，为了学习，我经常和他着急。我告诉他，学习要保持专注。其实，专注也是一种能力，并不是人人具备的。我从小学三年级到高中毕业基本都是班里第一名，希望儿子至少可以考进前三吧！但后来我慢慢意识到这是不现实的，也是不公平的。我希望他能打篮球锻炼身体，但他不感兴趣，小时候带他去江大西山操场练习投篮，他赌气走回六里外的家，而我急得在校园里到处呼唤寻找。我希望他能去运河边散步思考，当时一直想不明白，那么好的环境，他为什么就从来不去呢？

"我都是为了你好"，这是父母经常对孩子说的一句话。但人和人是有差别的，时代也在改变，我们认为的"好"对孩子来说可能未必。以前我有时感到委屈，也会抱怨，自己付出了这么多，为什么没人理解呢？甚至有一次跑去了金山寺，并没有想到过出家，但作茧自缚在哪里也不可能解脱。孔子说过："不患人之不己知，患不知人也。"可当时的我并不了解孩子，也不了解自己，有着太多的私心和欲望，但不自知。

儿孙自有儿孙福，莫为儿孙作马牛。为别人活着累不累呢？有孩子的人都一样，是种执着，是种依赖。他有自己的能力、爱好和命运，我们改变不了他，我们能做多少做多少，能帮多少帮多少，能给多少给多少。只要健健康康，只要不走邪路，他有自己的未来！

"我们除了自己，谁都改变不了。而你改变了，世界就改变了。"这就是儒家思想的"反求诸己"。人很多时候是心累，不是后悔，就是担心，净整些没用的！用比较和依赖逃避恐惧，在假相中而不自知，束缚住了自己。只有"致真"，走向独立，才能潇洒和解脱。做应该做的，能够做的，不思将来，不悔过去，自然活在当下。

2016年8月21日，《诗悟人生》出版发行座谈会暨"知行合一，致真立人"理念分享发布会在广州召开。从此，我同华南理工大学李烈军教授有了共同的理想和追求，成为志同道合的人生挚友。同年9月23日晚，李烈军教授应邀回母校武汉科技大学为6000名新生做励志报告，我也上台分享了心得体会，并当场赋诗一首。2017年5月1日至6日，李烈军教授一行应邀赴河南科技大学、郑州大学、洛阳轴研科技股份有限公司、安阳钢铁公司等高校、科研院所、企业参观考察和交流学习，不断践行和推广"知行合一，致真立人"的理念。

这那段时间里，我对传统文化的探索和理解更加深入，带学生专程到浙江余姚参观王阳明故居，受"阳明文化周"组委会邀请赴绍兴，参会文章《阳明心学的现实意义——一个教育工作者的思考》也被收入《纪念王阳明诞辰 545 周年学术研讨会论文集》。

我开始学习杜甫，创作五律和七律。参加了上海滩诗社的活动。在网上"青藤文学群"里与诗友们交流心得，我获益匪浅，诗友们都有一个好听的名字，如露重花浓、轩窗听雨、鹊舞西桥、燕语行……我叫羚羊挂角。高手在民间，诗歌不是在殿堂里培植的，而是在田野上、生活里和心中自然生长的。我学到了很多，例如写诗要用诗的语言、不能空发议论，要情景交融、以景作结等。"花姐"填词颇有造诣，"轩兄"为人刚直、要求严格，开始总说我的作品"快扔了吧"，后来也会偶有赞扬。

"真"是诗歌的灵魂，写诗、读诗是见真、致真的最佳途径。诗词是文化的一部分，教育是生活的一部分，在诗词、文化、教育、生活里"致真"，走好自己的人生旅途，这个道路和目标对我来说越来越明确，越来越清晰了！

独行

人皆不喜雨，自爱雨中行。
非因性孤僻，只为润闲情。

花·蝶

蝶落伴花娇，蝶飞似花飘。
翩翩蝶来去，悠悠花自摇。

诗圣

空负凌云志，无力上青天。
生未逢尧舜，死犹受饥寒。
囹圄愁国难，漂泊望长安。
先生独下贱，五陵尽肥甘！

答鸟

林空缓步行，回响鸟啼鸣。凑指发长啸，抑扬作和声。
鸟起我亦起，我停鸟复停。两下相待久，突兀似相争。
春秋有公冶，鸟语寻常听。若人无歹意，海鸥可为朋。

家有考生

宋高宗

武穆无辜遭惨死，高宗有脸宴楼台？
苟且不复中原志，未梦父兄动地哀？

读史

刘备托孤为试心，武侯一诺重千金。
鞠躬尽瘁死方已，司马曹丕笑煞人！

2016
2017
年

为什么把你纪念

为纪念王梅芳去世 10 周年，山东临沂一家文学网站开辟了专栏。王梅芳是当地一位爱好文学的农村妇女，历经坎坷，后又身患绝症。她向往江南，文友们为她凑足旅费，帮助她实现了心愿。她回去后正是荷花开放的日子，但她没有看到第二年的荷花……

为什么把你纪念，
我们不曾见面。
十年前你永别了沂水，
而我——
从未去过蒙山。

为什么把你纪念，
只因为民生多艰。
谁在人世活得易呢？
只是——
你经受了更多的苦难。

为什么把你纪念，
在你的字里行间。
受尽了三九的严寒，
梅花——
要展示给人们最早的春天。

有些人，
见若不见，
没人愿看虚伪的假面。
有些人，
不见已见，
我能听懂真心的语言！

你到过江南呵！
我家在黄河泰山。

忍不住眼眶湿润，
为人类承受的苦难，
为心中的诗和春天！

念妻

　　高铁穿行在韶关的山水间，听着郭峰的《心甘情愿》"和你白头偕老永相随，为你甘心情愿付一生"的歌词，让我有了感动。

　　五蕴皆空南柯梦，名缰利索似浮云。
　　千山万水曾行遍，为命相依只一人。

赠张书记

断腕雄心在，转型争上游。
风波无所惧，君敢立潮头！

秋夜

秋凉暑热尽，夜静草虫吟。
灯暗风传语，星远路无人。

赠汉斌

《中国科学报》广东记者站站长朱汉斌在星河湾采访李烈军教授时，那是我与汉斌第一次相见。他劝我写一本书，这成了《诗悟人生》的缘起。《中国科学报》连续三年在"两会"期间报道了李烈军教授的事迹。

白首迟相见，月出星河湾。
逢君因故旧，告我为新篇。
处世境开阔，心中包大千。
迷津一句悟，好友在华南。

杜甫

年幼慕青莲，半生识少陵。
漫游心豪壮，困守体民情。
忠君冒死谏，忘我为生灵。
腐儒乾坤大，文章天下惊。

中秋

蟋蟀长吟月正圆，清辉似水洒江天。
情浓美酒万家暖，香淡桂花一缕寒。
年少无知渤海岸，头白空忆黄河边。
爷娘对坐蛙声里，此刻秋风话江南。

白露

夜阔孤星暗，天凉独自闲。
清风乱蟋蟀，白露噤寒蝉。
忽计秋将半，粗推月欲圆。
庭中花树下，江南又一年。

滕王阁

和李烈军教授一起到南昌参加特钢会议。

入云遮日月，雄立大江滨。
才子名当代，诗文传至今。
兴衰千古事，来去百年人。
节气秋分半，凭栏虫正吟。

登名楼

吴山越水楚天秋，人在东南画里游。
滕王阁上思绪远，黄鹤楼下大江流。

武汉科技大学黄家湖

　　9月23日晚，李烈军教授应邀在武汉科技大学为该校6000名新生作报告，我亦同行。报告开始前，游览沁湖，看到两个着唐装、吹笛子的女学生。

苍穹落日沁湖行，飞鸟喷泉坐小亭。
古装佳丽花间柳，玉笛吹彻汉唐情。

见兄

目力不如昨，久别变化多。
人流出站处，数次误称哥。（接站）

平日见人吠，此时口不开。
不停摇尾看，心道至亲来。（回家）

莫道苏烟贵，休说酒店奢。
待人皆如此，何况只一哥。（晚饭）

父辈无机巧，此生唯致真。

无事不可讲，玉壶盛冰心。（闲聊）

哥莫后排座，身边安弟心。

不知何日见，即刻要离分。（送站）

赞李烈军教授

2016 年 9 月，人民网在《这个教授不寻常——记华南理工大学教授、博士生导师李烈军》一文中指出："无论是成长历程、育人理念和行为方式，李烈军都和传统意义上的教授不太一样。"读后有感。

年少鸿鹄高远志，改革风起好飞翔。

青春无悔献钢铁，老骥有情育栋梁。

半世知行结硕果，满园桃李已芬芳。

于无声处惊雷起，细味等闲不寻常！

霍开水宗亲画赞

积雪终南山，鸟啼遍辋川。
唐诗入画卷，疑似古长安。

怡心

神清气爽桂花香，蝶舞秋风柳线长。
水碧天蓝坡上草，身边卧犬沐斜阳。

琴台

高山流水古琴台，俯仰人生百事哀。
常欲扁舟沧海去，无人月下荷樵来。

寒露

寥落几颗星，上弦月倍明。
风清香桂暗，露冷敛虫声。
日短阴仍长，阳消寒欲行。
人生将过半，最宜写秋情。

重阳

九九又重阳，江南桂正香。
天高云淡抹，气爽柳轻飏。
陶潜菊花酒，王维茱萸囊。
焦山应至顶，望远俯江长。

秋闲

人闲坐小亭，犬卧听鸟鸣。
叶动凉风起，鹭飞秋水平。
心思千古远，手捧一书轻。
有想或无想，漫翻意不经。

忘年交

　　运河边常遇一老者，有时见面聊一聊，他说每天早上出来，是为了躲开住在一起的儿媳妇。很长时间没见到他了，也许搬家了吧！

　　风中叶落雨如丝，路过小亭念旧识。
　　此老古稀身尚健，经年未遇竟何之？

西江月·秋晨

　　晨早鸟啼不见，秋深虫隐无言。野鸭凫水自悠闲，茅草枯黄一片。
　　岁月偷了年少，沧桑老去红颜。几经风雨洒江南，闲看河中万点。

当下

凭窗久坐近黄昏，院内花开自动人。

入耳鸟鸣茶色淡，天高心远两无尘。

临沂

在"青藤文学群"遇到良师益友。远离齐鲁，得遇知音；诗友唱和，人生乐事！

沂水蒙山雅士多，能书善画乐吟哦。

三五小聚即联对，手拄犁耙诗满坡。

雪

乾坤皆易色，来去俱无声。

不竞群芳艳，只为五谷丰。

阳明故居

去杭州参会前，带学生来到余姚参观王阳明故居，在龙泉山上畅谈。

龙泉山上气氤氲，雾罩小城冬已深。
千里江南寻故事，一伞烟雨忆斯人。
超凡入圣成三立，文治武功集一身。
创立心学实体认，蠹虫泥古怎出新？

途中

从江南到华南的旅程，在高铁上难得的轻松。

悠然坐看八千里，漫卷诗书偶啜茗。
草木萧疏村落远，峰峦叠嶂水溪清。
黄昏荆楚日西坠，灯火潇湘夜南行。
五岭人言高万尺，凭窗欲摘几颗星。

蝶恋花·妻

携手江南春几度。素面朝天，华发添无数。海誓山盟不再诉，
日升月落晨与暮。

犹忆当年颜似玉。善睐明眸，也引蛾眉妒。纵美花丛今懒顾，
唯卿伴我沧桑路。

小寒

细雨洒长天，微风入小寒。
野鸭逐水远，麻雀踏枝闲。
石径随心往，木桥信步还。
运河岸上客，无悔老江南。

步韵贺高阳狂客寿

广东韶关一位诗友，号"高阳狂客"。诗词赠答，既是为人而作、因事而起，也是吐露自己的怀抱。

天降我才当作歌，地生坎坷奈君何？
诗佛心醉辋川月，狂客身归镜湖波。
老酒浓香饶久放，宝刀光彩赖常磨。
南山放马好风景，花甲诗坛一韦陀。

泮水弦歌

迎春花

　　我和诗友在一个文学群里以"迎春花"为题唱和,虽说是命题作文,也要来源于生活,不能凭空杜撰。这期间我开始写作律诗,而混迹对联群让我在对仗方面有了很大提高。

东风一夜黄,料峭报春光。
浅缀荒坡色,淡开野径香。
小花苦入药,嫩蕊蜜为浆。
姹紫嫣红日,朝天素面扬。

赴穗途中

　　有人说:"什么呀!'高铁'都出来了。"其实,"高铁"对"柔情"不是很好吗?时代在发展,出现了很多过去没有的事物,应该允许并提倡"新语入诗"。

日暮吴山隐,岁寒楚水横。
明窗独照影,暗夜见孤灯。
高铁行犹速,柔情远更生。
衡阳冬未去,何日雁归程?

梅

花苞点点报春还，丽日蓝天风带寒。
今日来寻去岁友，无言别去已经年。

守岁

滴答分秒紧相连，灯火三更人未眠。
待到钟敲十二下，回头此刻是他年。

上元节

蓦见楼头月，才惊至上元。
细思未计日，只晓在新年。

运河梅

冬水复春水，岸边无所依。
年年花开落，路过几人知。

仲春

河岸生春草，蝶飞伴鸟鸣。
晚开梅胜雪，新绿柳随风。
花下蓝天远，亭中碧水平。
驻足唤小犬，随处嗅不停。

春柳

新绿柔波叶尚稀，婆娑照影鸟轻啼。
无端忽忆少年事，三五春风弄柳笛。

春分

杜诗正读到此处。杜甫出川，本欲沿江东下，无奈滞留夔州。

老杜三峡愁暮深，江南花放正春分。
千年捧卷听君语，一句诗行一份真。

春雨

花开春雨细，新绿柳丝斜。
角堇篱边艳，风中似彩蝶。

缘分

京口花开三月天，江南烟雨忆前缘。
劝君更尽杯中酒，当日同学俱少年。

梅林

鸟落梅枝绿，空啼树下人。
当时花似锦，此际了无痕。

春色

初春梅花开，仲春玉兰落。
无边春色好，只是春将过。

南山

游客如织花正开，海棠粉艳雪樱白。
苍翠南山六朝远，春风又占读书台。

暮春

绿意无边须放眼，清风有意可留心。
鸟啼声里群芳谢，人送江南又一春。

樱花

映面樱花色正浓，团团锦簇瓣重重。
不觉一片风中落，小径暮春乱残红。

春日

近岸心开阔，独来少人行。
游鱼出水碧，飞鸟入林青。
放纵生机满，舒展遍春风。
仰天歌一曲，唱与白云听。

【五月《你》等十首】

洛阳

　　科学网以"华南理工大学教授李烈军'知行合一'中原行"为题报道了李烈军教授的考察交流活动，我与李烈军教授在洛阳匆匆相见。

久慕中原地，去来一日急。
古都逢好友，国色错佳期。
才饮杜康酒，又识流水席。
主人随口语，入耳尽传奇。

立夏

倏忽春已过，柳老运河波。
风起枝梢动，日沉树影挪。
红低蝶乱舞，绿满鸟啼多。
无悔芳菲尽，岁月未蹉跎。

晨雨

檐下独听雨，清凉向小园。

匆匆飞鸟过，沉沉人正眠。

叶绿犹添碧，花红已落残。

夏晨天尚早，炊罢喜多闲。

放龟

润州初至养，屈指近十秋。当时儿尚幼，今日我白头。

物大受拘束，家中怎可留？水深通江海，任尔去遨游。

盒中船靠岸，人见俱称奇。焦山有古刹，寺内放生池。

鱼游复鱼跃，鸟飞更鸟啼。碧水台阶下，树影日偏西。

龟本水中物，游去未踟蹰。池清不可见，盒内叹无余。

一龟忽复返，翘首望徐徐。挥手自今后，相忘于江湖。

你

今天是母亲节，想起了从镇江回到农场的母亲。

白发变成了青丝，
江南回到了故里。
蹒跚的你健步如飞，
佝偻的腰依然挺直，
而那个孩子，
紧紧地将你偎依。

你教他认识野菜，
在坝外的那片荒地；
你给他准备午饭，
锅里的排骨还冒着香气；
你整晚把他搂在怀里，
揉着因为吃螃蟹坏了的肚子。

三春的温暖，
如一支风中的蜡烛，
慢慢将熄。

那个孩子，
想起了你，
忍不住泪如雨滴。

初夏偶成

满目绿葱茏，榴花点点红。
枇杷枝上挂，蝴蝶舞虚空。
轻洒几滴雨，闲飘五月风。
匆匆飞鸟过，人立小桥东。

午后

阳光穿叶过，日影林间留。
芳草时遮面，野花偶碰头。
石边听鸟语，岸上看鱼游。
年长性情改，事多人不愁。

枇杷

　　五月，江南的枇杷熟了，学生从家乡寄些过来，口啖甘甜，遥想太湖洞庭山美丽的风光。

江南初夏枇杷黄，君寄甘甜自故乡。
门对太湖千顷水，洞庭山上好风光。

话别离·水

又是一年毕业季，师生朝夕相处，依依不舍，设宴相送。奈何已不善饮，以茶代酒。

又送二三子，年年在此时。感情非酒系，以水话别离。
清白我所知，平淡我所欲。劝君勿相思，望君莫相忆。
男儿当自立，鹏飞万里志。生活甘如饴，爱情甜似蜜。
甜蜜永相依，常把初心记。人己两不欺，坦然对天地。
远处田野绿，生活多诗意。冰心玉壶里，水中有真谛。

屈原

五月端午，总会想到屈原，有时会写首诗纪念。文化是潜移默化而又深入骨髓的。

一跳惊天地，千秋日月魂。
离骚凝碧血，端午忆丹心。
宁做玉石碎，不为苟且存。
首阳山中子，伯仲与斯人。

偶得

"有道者得，无心者通。"文章本天成，妙手偶得之。不想作诗或太想作诗的人，都成不了诗人。

夏日入林汗即干，伞中听雨洒江南。
寻春常把春陪绿，看鸟欲随鸟冲天。
才将风月留心底，又送才情到笔端。
诗作偶得非我有，心空日落运河边。

拙政园

明正德年间，因官场失意而还乡的王献臣，将大弘寺址拓建为"拙政园"。取意于晋代潘岳《闲居赋》中"灌园鬻蔬，以供朝夕之膳……此亦拙者之为政也"。

以拙为政建名园，几易主人六百年。
王氏后人今若在，归来也要入门钱。

离觞

为送别毕业生所写。

且尽离觞酒一杯，青山绿水每相违。
不求桃李满天下，唯愿鲲鹏展翼飞。

林间

白鹭碧波时往还，鸟啼声里树遮天。
衣衫时动清风晚，返景入林草色鲜。

途中遇两女学生

去浙江新昌途中偶遇两个女孩，她们和儿子一样年龄，都刚经
历了高考，有着青春的模样。

旅途二女做同行，欲去姑苏自广陵。
十载拼搏风雨后，一朝憧憬待彩虹。
尚无机巧厌虚伪，似有迷茫疑坦诚。
花样年华同幼子，历经岁月换人生。

新昌

吴山相送越山迎，烟雨江南画里行。
咫尺大佛无隙赏，遥思天姥数峰青。

送别

　　在江苏大学西山的亭子里与学生闲聊，想起毕业的学生，于是一起到研究生公寓相送，留下一张合影。

人去楼空缘未空，三年尽在不言中。
未愁宴罢终将散，更有桃李待春风。

放心

人生总有事非轻，落日柔波心渐平。
仍是江南好景色，鸟鸣声里看蜻蜓。

泮水弦歌

紫薇

栽下秃枝杈，经冬疑不发。
暮春初长叶，仲夏始开花。
绿动清风满，红迎紫气佳。
生生各有命，时至自通达。

过济钢

　　济钢在中国的钢铁版图中永远消失了。怀念我们的青春、汗水，以及上下班时穿工装的长龙。写于回农场途中。

青春成过往，十里一空城。
依旧鲍山绿，再无炉火红。
升沉皆定数，俯仰若飘蓬。
心内常牵挂，如何众弟兄？

农场

风吹枝叶响，夜静月昏黄。
犬吠声传远，车来灯照强。
东连渤海阔，北阻黄河长。
世上荒凉地，今生是故乡。

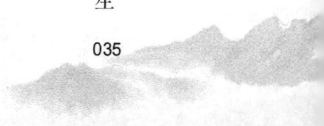

回家有感

三伏入夜觉风冷，梦醒晨光听鸟鸣。
幼子身旁鼾重重，爷娘隔壁语轻轻。
人回故里家仍在，岁到中年时不停。
卅载漂泊身暂住，收拾离恨又远行。

三人行

不闻言语笑声轻，回看妻儿睡意浓。
百里青山如有待，十年流水似无情。
曾经来路风和雨，纵有前途晦或明。
不负此生当努力，幸福甜蜜三人行。

赠贤文

陪孩子去深圳，见到了在北京科技大学读博期间课题组的师弟。

新城离海近，一日数停云。
老友隔山远，十年未见人。
回头犹转瞬，分手各征尘。
白发何时有？相识岁月深。

阳光道和独木桥

　　每当著名科学家离世，网上总会出现和明星效应的对比。柯俊先生是我老师的老师，在他去世以后，有人评论说："英雄枯骨无人问，戏子家事天下知。"为此，我写下这首诗。

科学和娱乐怎么比较？
李（小文）院士和王宝强，
郭敬明和柯老，
这样，很容易把人误导。

科学，是艰辛的独木桥，
但总有人把真理寻找。
娱乐，是幸福的阳关道，
大众有自己的需要。

哦，不是阳春白雪和下里巴人，
那是高雅和通俗的曲调。
娱乐和科学，
一个是享受，一个是创造。

人们迷恋网络，
那并非由明星创造。
科学家得到太少？
世俗名利不是他的珍宝。

人各有性，有命，
有自己生活的轨道。
你不用把娱乐明星嘲笑，
但我，会为我的先生骄傲。

然而——
正是走在独木桥的人，
把人类社会引向阳光大道！

七夕

　　前往华南的途中，恰逢七夕，高铁前行，红日西坠。想象牛郎
织女今夜的相会。

欲渡河无梁，相望两渺茫。
谁传尺素书？大雁归衡阳。
今夕鹊桥会，秋风世上凉。
夜深默默依，缓缓诉衷肠。

港大

地小胸怀广，百年气象新。
声名闻四海，才俊若星辰。

香港一日

　　随李烈军教授一行到香港大学与黄明欣团队交流。清晨在广州
莲花山登船，夜晚在深圳罗湖口岸过关。

御风乘浪至，迎送俱青山。
灯火阑珊处，罗湖夜过关。
久闻尖沙咀，今临浅水湾。
身处中华地，去来心坦然。

家
有
考
生

【九月《桂花》等五首】

初秋

到处紫薇花，虫吟千万家。
夜雨江南落，凉风自天涯。

草木

白露远如霜，蒹葭色渐黄。
切切虫低语，世间秋转凉。

秋分

前年离穗返乡月正圆，去年滕王阁上赣江边。今年秋分又至，
似水流年！

转眼秋分半，桂香月又圆。
清辉凉似水，举首忆流年。

秋半

秋虫凄切叫声急，黄落晨风绿渐稀。
夜雨连江河岸冷，暗香迎面桂花湿。

桂花

暗香浮动岂无凭？粒粒风霜雨露凝。
不竞群芳春日暖，秋凉伴月自多情。

【十月《三味书屋》等七首】

月光

　　一路桂花香，千里动柔肠。在运河岸边，临时决定回农场陪父母过中秋。到上海虹桥机场坐飞机，回故乡。

　　　　夜航向北方，落地是家乡。
　　　　举头天上月，疑似旧时光。

晚起

　　　　犬声人语慢晨光，一夜江南到故乡。
　　　　头白因有爹娘在，仍作小儿学赖床。

深秋

　　　　野鸭远去水无痕，玄鸟孤飞天正阴。
　　　　蟋蟀吟得秋又老，桂香独伴早行人。

偶得

游鱼东至海，飞鸟入青天。
波浪多辽阔，云霞更壮观。
羽鳍虽不具，思想却无边。
人在红尘里，日日谱新篇。

梦游九华山

九华山为地藏王菩萨道场。

绵延秋百里，缥缈九芙蓉。
放下尘心乱，来寻禅意浓。
泉清堪洗耳，风静好闻钟。
信步逢幽寺，无言对老僧。

重阳

黄叶桂花香，秋风万里霜。
清凉虫渐少，嘹唳雁成行。
有意登高处，无由见故乡。
兼葭河海阔，落日照苍茫。

三味书屋

王阳明诞辰 545 周年，我受"阳明文化周"组委会之邀来到绍兴。参观鲁迅故居后作此诗。

纸作战书笔作刀，新文运动引狂飙。
若非六载学经史，今人何处觅文豪？

南山秋末

想到了春日樱花绽放、游客如织的情景。

澹澹寒波静静山，秋风吹老叶斑斓。
如织游客今何在？漾漾湖中一小船。

九华山

九华山之行，吃斋参禅，因缘殊胜。为同行诗友各作藏头诗一
首，未录。

一去尘嚣远，车行山几重。
佛门尚未入，已觉禅意浓。

上禅堂

太白种下金钱树，滴水观音洒甘露。
金乔觉坐金沙泉，一念三千心无住。
千年香客络绎来，云深欲觅成佛路。
九华山中上禅堂，有缘无心方得度。

大雄宝殿

千秋万代此门开，不尽众生日日来。
悲悯红尘终是苦，世尊无语坐莲台。

有感

　　2017 年年底，我参加颁谱庆典暨常州霍氏宗亲联谊会成立大会，采访了霍焕兴会长。

　　　　根追远祖成一脉，枝散常州花更开。
　　　　地北天南非远客，相逢尽道家人来。

焕兴会长赞

　　　　霍家万代皆良善，状元后人有遗风。
　　　　木工手艺不争利，菩萨心肠常助穷。
　　　　娶来贤妇家和睦，生下儿孙敬祖宗。
　　　　我羡叔叔有好报，不出三世定腾龙。

霍光赞

冬至日，于上海城隍庙拜谒汉司马大将军、博陆侯、宣成侯、金山神主霍光。

三代辅臣安社稷，麒麟阁上第一名。
千秋神主镇东海，城隍庙中保沪宁。
生前宣帝能无悔？去后子孟仍有情。
古今霍氏多忠义，何以家为掷地声。

冬月

倒映河中几盏灯，一分天色一分明。
柳疏苇老鱼翻水，草上霜滑听鸟声。

2018
年

父母乔迁

章节前言

　　黄河农场在渤海湾，冬天出奇的冷，父母过年仍需烧煤取暖，买煤、砸煤、点炉子对他们来说越来越困难，此外还有种种的不方便。每到江南秋风凉的时候，我就多了几分牵挂。

　　父亲在农场多年，恋旧不想离开，几年前就参加了在四分场的集资建房。后来房子盖好了，却让所有人一起抓阄，不照顾楼层。因为抓到一层的可能性不大，只好退掉了。元旦和家里通电话，父亲又说起房子，我就怎么也放心不下。和爱人商量后，让表妹迎春在垦利县城看好房子，赶快回去交了订金。

　　考虑到父母上下楼方便，买的是装修好的电梯房。付全款拿到房，哥哥张罗着买家电家具，一切到位后，五一回农场搬家。老街坊们依依不舍，前来相送。乔迁新居后，正好给父亲过生日，双喜临门。新居条件不知比在农场好了多少，与哥哥家离得近了，亲戚都在周围，张姐照顾得也好。在垦利一中上高中时，每次爸爸送我去上学我都不愿离开家。我工作后，他们年龄越来越大，每次从农场离开，我都放心不下。现在他们能安度晚年，做儿女的能不高兴吗？父母能健康长寿，更是我们的福气。

　　小时候，父母不舍得让我们吃苦，但在成长中该吃的苦一样也少不了。在无路可逃、无可依赖时，就必须独自面对，在生活中我逐渐学会了独立。"认识你自己"，是希腊德尔斐神殿的隽语，也是苏格拉底的名言。和父母在一起，我经常会审视自己。我把自己理想主义的人格一直归因于母亲的遗传，但小舅说："你不是随我姐，可能随你爸。"因为爸爸曾经问过他这样一个问题，火箭发射时冒的烟是不是因为烧的蒿子？

　　我曾经认为自己的父母是天底下最好的父母，自己学习也是为了父母。孔子说："古之学者为己，今之学者为人。"现在我知道，学习是为了提高自己、实现自我，为了任何人学习都是在依赖和逃避，都不会持之以恒。现在我也知道，每个原生家庭都会有局限，一个人只有超越了局限，才能走上自己的人生之路。古人说，"山中有直树，世上无直人"，而父亲就是"直人"，但他总是活在"文革"和别人的故事中，很少教我们人情世故。由于自身原因，我曾一度困惑迷茫，不知道该如何面对生活。后来我找到了"致真"的道路，也许正是因为继承了父亲"直"的基因，但"直"并不等同于"真"，还要加上两点："为学日益"——逐渐接近事物的本质；"为道日损"——渐渐放下自我。为此我总结了一句话，"完全相信父母就不进步，彻底否定父母就不自信"，这也是对待传统文化应有的态度。

《庄子·天下篇》中讲道，大禹治水，三过家门而不入："腓无胈，胫无毛，沐甚雨，栉疾风，置万国。"大公无私，形劳天下。墨子以大禹为榜样，那确实是他的天性，但以勤俭和苦行去教育、要求天下人，是不可能的。因此，孔子说："攻乎异端，斯害也已！"我慢慢认识到儒家思想的精髓和孔子的伟大。在《尚书·大禹谟》中记载了舜告诫禹的话："人心惟危，道心惟微。惟精惟一，允执厥中。""心一也，未杂于人谓之道心，杂以人伪谓之人心。"阳明先生说："人心之得其正者即道心，道心之失其正者即人心。"心学就是儒家思想的源流，只有"反求诸己"，放下私欲，才能"明明德"，才能"知行合一"。

10月底，我前往贵州参加"2018中国·贵阳（修文）第六届国际阳明文化节"，"龙场悟道"就发生在这里，我参观了玩易窝、三人坟、阳明洞、何陋轩、君子亭等遗迹。王阳明到龙场后，其"居夷处困，动心忍性，因念圣人处此，更有何道？忽悟'格物致知'之旨，圣人之道，吾性自足，不假外求"。逃避、依赖、抱怨都是思维的假象，阳明先生在这里，环境恶劣，命悬一线，他躺在自制的石棺内，直面生死，"无立足境，是方干净"，一切分别执着都不存在了，远离颠倒梦想，究竟涅槃。

11月初，我赴太原钢铁集团公司参加全国冶金文学艺术协会的活动。2017年年底，我开始参加霍氏宗亲会的活动，陆续去了上海、霍州、佛山、连云港等地，开阔了眼界，增长了见识，认识了很多优秀的宗亲，也经常被感动，创作了不少诗篇。

2017年12月，我和李烈军教授合作出版了专著《钢的物理冶金——思考、方法和实践》。它是"知行合一，致真立人"结出的一个硕果。钢铁生产中的物理冶金问题就是工艺、组织和性能的关系问题，只有抓住本质，通过对组织演变的深入研究，才能揭示各种表象背后的机理。我们安排学生到企业实践，原计划是写一个热模拟机的操作规程，便于学生上手，后来觉得把实践经验、科研成果和经典理论结合，形成一部书稿，可以发挥更大的"育人"作用，现在它已被作为江苏大学冶金工程专业的教材使用。专著写作也是一个"致真"的过程，其间对物理冶金的理解更加深入，每个细节都反复推敲、精益求精，封面设计也是独立构思后和出版社共同完成的。"是非之心，智之端也"，"致真"是人类天生具备的能力，只有格物致知、诚意正心，才能不断提高，不断进步！

新年月圆

阳历新年恰逢阴历十五。阿源在广州发来新年祝福，说"月色当空"，原来又是十五月圆了。

江南与岭南，千里忆前缘。
月色今宵好，再见是明年。

新年有感

昨夜未随冬至短，今年已伴日出新。
万家灯火独行早，回首江南又一春。

大别山

驶入大别山，吴云连楚天。
江淮分水岭，宁汉两肩担。
雄壮红旗卷，巍峨白马尖。
古来争战地，创业本艰难。

父母乔迁

沿路雪景

出差华南途中，去时仍有青山绿水，归日恰逢大雪满天。

梨花一日满江南，白屋白瓦白房檐。
青山绿水今何在？无尽苍茫天地间。

济南·工业北路

回家落实为父母购房事宜，途中坐大巴从济钢经过。

回首二十五年前，懵懂初来正少年。
未卜人生今已定，曾经梦想做云烟。
娶妻生子鲍山下，栉风沐雨运河边。
白发根根难计数，几多苦辣与酸甜。

亲恩

亲恩如大海，不溢亦不竭。
良知似日月，常被浮云遮。
朋友一餐饭，犹思情意多。
生养十七载，念来泪婆娑。

雪消

冰释鱼出水，雪化路难行。
何时杨柳岸，一夜草青青。

赠友人

在广州钢铁集团做博士后期间，在普晖村与朋友夜饮无眠。北
京再见，人已中年。

相逢能不忆从前？夜饮无眠连曙天。
五马轻裘成故事，两肩重担到中年。
应酬无趣少新友，来往有情多旧缘。
纵未深谈时尚早，一家老小待君还。

初心

师姐恰好回国，同学们相约一起去看望柳老师。于北四环望见
西山白云。

人生将半百，京华几度春。
北风吹落叶，西山过浮云。
未来新代旧，过往梦成真？
纵难恒久远，不忘是初心。

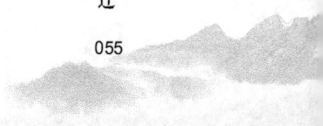

父母乔迁

与友小聚，有赠

冶金工业出版社的朋友热情接待，拿到了刚印刷好的专著样书。

闹市重逢幽处寻，通惠河畔地安门。
窗中竹绿松苍翠，本色如人冬复春。

知春

两岸萧条旭日中，波平如镜卧残冰。
知春不为东风暖，听鸟似多三两声。

风筝

坠落青云自何方？树枝挂靠亦轻狂。
怜君本少双飞翼，线上东风舞不长。

岁除

年近梅知否？随春数朵开。
划波鸭去远，恐怕有人来。

苏轼

诗词书画俱称绝，雨雪风霜也作歌。
自是胸中山海阔，红尘不见有风波。

梅姿

腊尽霜姿点绛唇，方今浅笑半含春。
天生丽质十八变，装点东风日日新。

咏梅

世上花无数，自小不识君。三春坡上草，一望碧连云。
心热只求善，窗寒未晓贫。家门风雨外，梦想在红尘。
十载京华客，十年省府宾。江南今久住，岸上看花人。
路过青山远，行来白发新。东流碧水去，未改是初心。

元宵节

柳丝冒暗芽，坡上草青发。
东风拂面冷，瓣落几梅花。

运河梅

次第运河边，红白又一团。
横斜依水碧，招展耐风寒。
方惊开几树，未晓种何年。
今后寻春色，不必至梅园。

海棠

待梅落尽展娇颜，莫笑海棠礼太谦。
不比人间多计算，百花从未少春天。

悼霍金

宇宙爆炸天下惊，跨越时空去旅行。
渐冻躯壳终入土，创新理论始发生。
囿于轮椅身渺小，放眼苍穹气恢宏。
格物致知寻真理，不于人事较雌雄。

二月初二

芳草侵幽径，烟波柳色青。
伞中听雨落，树下看花生。
白鹭惊心动，迎春耀眼明。
红梅虽已谢，二月更春风。

李敖

才华横溢性风流，快意此生多寇仇。
如玉佳人天上有？等身著作世间留。
今日少年皆不晓，曾经愤青已白头。
八十三岁流水去，巫山沧海总无愁。

父母乔迁

春分

风吹碧水柳丝斜，雨落梅花听鸟歌。
枝上海棠红坠露，岸边芳草翠连波。
春光又到半分处，江水仍寒二月河。
风雨多情留春住，花红柳绿久消磨。

桃梅一处

碧草青石结伴生，妆成叶嫩扮娇容。
梅英缓缓逐春水，艳艳桃花醉东风。

海棠

姗姗来晚太从容，一见春光自不同。
少女含羞娇满面，天生丽质似妆浓。

晚春

樱花道上落缤纷，翠鸟声中草木深。
若是一花一世界，成住坏灭几乾坤？

春风晨雨

两岸波平杨柳青，高低远近鸟啼鸣。
绿意葱茏隔夜雨，缤纷满地落花风。

小憩

红紫满园竞春晖，晶莹剔透叶葳蕤。
清茶昆曲声声慢，蝶舞东风柳絮飞。

父母乔迁

谷雨闲聊

清晨遇雨，与一老者在亭中闲聊，由节气到家庭，有感于他的境遇。

雨生百谷万木青，遇阻闲聊坐小亭。
播种已于清明后，鸣蛙始在惊蛰中。
儿媳不是亲生女，公婆难念旧时经。
春夏秋冬节气改，酸甜苦辣是人生。

农场

为父母在县城买了房子，回农场帮他们搬家。早起来到大坝外，坐在水库边，面对着早已废弃的水塔，生于斯，长于斯，就要离开这个地方了，思绪万千。

四十六载生身地，九万里河入海旁。
年幼未知人冷暖，至今才晓地荒凉。
将夏风吹仍断草，及晨鸟唤又朝阳。
孤单水塔立荒野，歪脖树下旧礼堂。
妈妈拄拐行不便，爸爸耳聋答勉强。
兄弟奔波白发早，相逢满脸尽风霜。
昨晚兄弟爹娘坐，饭盛四碗筷四双。
浊酒一杯慢慢饮，轻声细语话家常。
新房纵使样样好，毕竟难离老地方。
农场仍然旧模样，从此不再是家乡。

路

八干（黄河引水干渠之一）、永安、垦利，是我的求学之路，也是我离家、回乡的必经之路。

> 垦利永安八干长，余晖落日正苍茫。
> 半生来去一条路，渐行渐远旧时光。

兄弟

父母乔迁新居，我骑自行车去黄河大桥玩，遇险，哥哥开车来接。记得年少时，在济南火车站没地方睡，哥哥用腰带把我绑在花坛的栅栏上。在返镇高铁上动情写就。

> 懂事家中就四人，童年幸福沐三春。
> 当时父母多强壮，今日弟兄白发新。
> 绑带站中曾夜宿，驱车桥上暂惊魂。
> 自古亲情真非借，强用衣襟掩泪痕。

小雨闲情

江南细雨落如丝，柳雾含烟初夏时。
摇风芦苇绿何晚，坠露榴花红未迟。
鱼跳惊心忽入水，鸟鸣悦耳暂栖枝。
双亲安顿新居好，人有闲情好作诗。

惊喜

深绿林藏鸟，小红蝶恋花。
蛙鸣何处草，树上几枇杷。

瓷梅共语

齐鲁大地让我魂牵梦绕，江南烟雨令人意醉神迷。今生，和江南有缘，慈溪是个美丽的地方。

慈溪岁岁杨梅红，千载青瓷越韵浓。
五月上林湖畔美，新鲜古朴是天成。

诗意江南

为与建华大姐商量传记写作事宜，夜宿西太湖边嘉泽古镇，晨起天飘细雨，撑伞独游花博园中。

嘉泽古镇太湖边，晨早独来花木园。
盆景假山曲池水，白屋黛瓦翘房檐。
芭蕉对面从风绿，翠鸟枝头过雨闲。
五月醉人天气好，蛙鸣声里不知还。

当下

运河细雨洒清晨，一望烟波柳色深。
桃叶青青初见果，鸟啼款款缓陪人。
有时回首半生路，无事凝眸万里云。
当下即为好景色，此心安住不伤春。

卖米

在网络上看到一篇文章——"那写《卖米》的北大才女已经去世15年了，她的真实故事更令人心疼"。读后有感。

贫穷天注定，何必赋才华？
红楼春易逝，梦里作飞花。
人心奸似鬼，文字净无瑕。
米担如山重，怎样挑回家？

父母乔迁

【六月《为华工团队赋》一首】

为华工团队赋

李烈军教授为践行"知行合一 致真立人",组织团建活动。

西樵山顶雨连云,笑语欢声何处寻?
竹茂林深旗下见,知行路上致真人。

悟

　　初读清人边连宝的《杜律启蒙》，因对杜诗了解未深，不晓诗中标记，似看天书；后来知行合一，逐渐深入，心有所得，再读则如闻天籁。想想读孔夫子、陶渊明、王摩诘、冯友兰……何尝不是这样？

初识杜律甚觉难，续借多期今未还。
五柳先生归垄亩，摩诘居士到蓝田。
半生才懂孔夫子，三载更读冯友兰。
书中纵有高人语，对面不识也惘然。

崖山海战

愁云惨雾起阴风，海上尸浮舟纵横。
十万军民因宋死，无人苟且冀元生。

赠吉祥

吉祥是我在珠钢的同事、好朋友，高明、高天是他的一双儿女。
我俩在华工相见，听说他最近乔迁新居。

儿女绕身边，高明与高天。
中年多好事，近日喜乔迁。

小暑

河边铺绿水中蓝，旭日才升明暗间。
燕子掠波飞款款，蜻蜓依柳舞闲闲。
初伏才过黄梅雨，小暑未经赤热天。
纵有红尘无限事，诗禅相伴且随缘。

大暑

紫薇花方绽，绿柳舞蹁跹。
台风时落雨，盛夏偶凉天。
无缚何须解，有心自可安。
事多且放下，院内久听蝉。

中伏

太阳雨落几轻云，打破河中万点痕。
凉爽无需遮日伞，闲暇不慕钓鱼人。
鸟飞高树蝉声远，蝶舞清风草色匀。
终日室中君怎晓，三伏亦是好光阴。

夏日清晨

马路无车过，横穿步履匀。
清风芳草上，绿意远红尘。
出声鱼入水，动影鸟投林。
君说人遛犬？亦是犬陪人。

所见

暑热莫愁六月中，三伏景致自不同。
蛙鸣鱼跃一河碧，蝉噪鸟飞万木青。
花谢春风桃满树，果待秋月榴未红。
扑腾入水谁家犬？自在行波凉意生。

父母乔迁

069

咏鱼戏作

晨风岸上打鱼郎，送我几条放小塘。
摆尾或知池水浅，抬头应见柳丝长。
江湖总在风波里，诱饵从来危险旁。
碌碌红尘皆过客，随缘度日自无妨。

咏荷

江南夜雨后，清风柳岸边。
凌波无秽垢，照影自媚妍。
潇洒红尘外，从容天地间。
初心终未改，本性是纯然。

良知心性

葳蕤叶伴小桃红，万籁声中听草虫。
荷叶田田生莲藕，荷花艳艳长莲蓬。
良知不在思维处，佳句得来心性空。
露打足凉青草意，柳丝迎面偶相逢。

父亲

　　有位至亲告诉我说："从来没见过你爸这种人，没有半点儿坏心眼。"我很惊讶，我也没有呀！

窗中点点灯，室外呜呜声。
看娘颔首睡，听父讲曾经。
半世知因果，一生重感情。
无悔心机少，忠厚是家风。

父母乔迁

三地秋风

黄河口内蒲草多，大明湖中绿满荷。
山东千里秋风起，吹皱江南水上波。

赴霍州

周武王把霍地（今山西霍州）分封给八弟处。霍叔处被认为是天下霍氏的始祖，因此有"天下霍姓出霍州"之说。

面对南山思霍山，神州同绿一心间。
几时先祖到齐鲁，十载举家赴江南。
背井离乡姓未改，千秋万代血相连。
动情自是男儿泪，遥想迁徙创业艰。

大雁塔

第一次来西安，这个古老到令人敬畏的城市。地铁上的漂亮女孩，张口满是秦腔的味道。

秋风大雁塔，烈日古长安。
经文书贝叶，岁月浸唐砖。
贵贱同成土，兴衰俱化烟。
叮当檐角处，铃动已千年。

赠剪纸艺术家霍怀玉

胸胆开张酒入喉，放歌最宜信天游。
众亲见弟情激动，一语知兄心暗投。
陕北巍巍宝塔立，江南缓缓运河流。
千山万水秋风里，回忆相逢在霍州。

赠廖彬宇先生

"首届华夏文化与现代文明传承发展论坛"在北京人民日报社新
媒体大厦举行。彬宇兄以华夏文化促进会驻会主席的名义邀请我参
加。下面几首诗写于参会期间和归途中。

惠赠春风两地知，相逢已到露白时。
何期盛会邀俗子，不意高人赞陋诗。
自古英雄出草莽，如今声誉动京畿。
中华道统谁承继？薪火相传永不熄。

赠友人

九月金秋里，京城再度逢。
知心私欲少，见面道情浓。
福祸实人造，因缘非自生。
莫求幸而免，俟命致真诚。

与曾凡朝老师

初识昨日再相逢，锣鼓巷中夜半灯。
对坐花间香入语，他乡明月共秋风。

途中

一路过秋风，千山月色中。
梦醒知何处？窗中点点灯。
长安昨日远，江南白露生。
小院花香淡，妻儿睡意浓。

佛山行

石头村人多是明代尚书霍韬公的后人，其霍氏祠堂建于嘉靖年间。上元村霍氏三千人，新建祠堂花了一千多万，庆典豪摆万人宴席。

石头南海上元村，相送湛家老表亲。
忠厚名门多兴旺，大族气象倍精神。
岭南圆月江南远，凉意中秋情谊深。
粤语座中何必懂？举杯一笑即知音。

甘泉先生墓

明代大儒湛甘泉是阳明先生志同道合的好朋友，与霍韬公是儿女亲家。故南海霍氏称湛家人作老表。

携手阳明子，联姻霍渭崖。
岭南有大儒，问道陈白沙。
不朽存天理，新塘聚湛家。
枯叶卧石马，墓前生野花。

父母乔迁

CAST 大家庭兼赠翟启杰老师

　　国庆节回上海大学参加 CAST 大家庭的聚会。翟启杰教授是我的博士后导师，刚斩获 2017 年度国家技术发明二等奖。

才过中秋人聚全，家国同庆喜相连。
春风桃李未知数，岁月沧桑不问年。
喜见人才能启后，笑谈理念更空前。
壮心不已志千里，云淡天高十月间。

感怀

　　国庆期间，江苏大学冶金工程 2008 届毕业生十年返校，邀请我们几个老师参加晚宴。他们是我教的第一批学生。

十年流水各西东，三尺讲台白发生。
若是江南春永驻，谁与桃李笑秋风？

心外无物

蓝天旭日桂花香，寒露时节叶渐黄。
鱼戏碧波知霜降？鸟啼高树待重阳。
人除欲望忧愁少，腹饱诗书日月长。
心外不着一物在，世间何处有炎凉？

答朱源洪主任

朱源洪，霍州市人大常委会副主任，能书善画，寄来手书王羲之的《兰亭集序》。

流水高山君子操，故人为我试狼毫。
书成四尺兰亭秀，墨入六朝烟雨遥。
唯有陋诗答妙手，纵无琼玖报仙桃。
春风秋月红尘里，常乐耕读与渔樵。

霍妹老人赞

霍妹是南海上元村主事的老人家。

堂怀霍氏祖，祠落上元村。
阔摆千桌宴，和凝万众心。
八旬行善事，一念为儿孙。
日月无私照，禅城有好人。

父母乔迁

明日霜降

风飘黄叶雨及晨，啼鸟渐稀蛩不闻。
霜降千枝杨柳色，露寒一缕桂花魂。
阴阳消长十年老，岁月更迭四季新。
满目江南萧瑟日，运河亦有早行人。

读阳明诗到长沙

阳明先生"龙场悟道"510周年，赴贵阳（修文）参加"国际阳明文化节"。下面几首诗作于参会期间和往返途中。

岳麓山上万木秋，先生由此渡湘流。
八千里路赋佳句，五百年前去贵州。
居夷始悟孔颜乐，处困常怀天下忧。
诗境巫山沧海阔，良知不为一私谋。

戊戌年龙场祭祀阳明先生

天不生仲尼，万古如长夜。先生未至黔，文明无以传。
去冬到今秋，江南复西南。神灵如有知，祭祀何庄严。
钟鼓动大地，乌云盖苍天。宾主山脚下，肃穆铜像前。
汉服举步缓，供品香慢燃。童子书声朗，祭舞似荒蛮。
人持花一束，三拜仍流连。百姓随后至，老少女和男。
人生何其短，倏忽过百年。千秋永不朽，中华有圣贤。
振聋能发聩，句句是真言。萤光微且渺，共添薪火传。

玩易窝

玩易明天理，赋诗发道心。绿萝垂洞口，暗室暂栖人。
白昼见飞鸟，匆匆无处寻。思乡明月夜，远近虎狼闻。
万里江南远，孑然多病身。乌云蔽日久，哪日复阳春？
长卧石棺内，时时念圣人。如若处此地，如何不动心？
电光石火亮，明镜尽脱尘。百死千难悟，道德本贵真。
良知实体认，非是套虚文。回首半生事，到此久沉吟。

途中

八千里路不孤单，相伴圣贤五百年。
唯恐吟得一诗好，眼中错过万重山。

父母乔迁

山水记忆

　　车过余杭，听着耳机里放着韩红唱的《山水贵客》，几天的所见所闻涌上心头。都说"文化搭台，经济唱戏"，那还是没有认识到文化的关键作用。

万家灯火杭州湾，乐动心回山水间。
放眼摩天云盖岭，低头泻地草遮泉。
新生徒步村庄远，老妪负篮腰背弯。
但使修文能兴县，江南当日亦荒蛮。

无题

秋末清风踏草香，鸟啼向晚坠斜阳。
灯光映去天光暗，暮色袭来树色藏。
偶语河边声愈静，久行路上犬不忙。
悠闲世上谁与我？桃李诗书日月长。

大侠

人人有梦在心头，七尺岂为五斗忧。
美酒千杯酬知己，寒光一剑了恩仇。
英雄秋月华山会，佳丽春风海岛游。
劈柴喂马笑沧海，不屑官家万户侯。

偶得

秋意浓深胜似春，长天万里净无尘。
若非半百独行早，仍是江南梦里人。

有感

作诗忙里是偷闲，一入书山不欲还。
莫道浮云名利事，求知太过亦贪婪。

立冬途中

赴太原参加冶金作协会议途中，由地名串联起历史事件。

烟雨南山古润州，金陵王气几回收。
中原逐鹿思秦汉，列国周游忆孔丘。
大宋亡国人北望，黄河无语水东流。
堪怜三家归晋祚，可恨燕云十六州。
好鹤懿公留笑柄，善伐魏武志难酬。
胡服骑射谁敌手？赵王饿死在沙丘。
戎衣玉体君王看，小怜怎解晋阳忧。
八千里路五千载，回望风流满九州。
一日冬来凋落尽，太行草木几经秋。

父母乔迁

太钢抒怀

立业成家因冶金，半生无悔献青春。
冬寒难落松竹叶，火热重燃岁月心。
工友着装思旧我，作协操笔是新军。
五湖四海初谋面，钢铁缘牵同路人。

看太钢工人文艺演出

想起 21 岁那年大学毕业分配到济钢，入场新员工参加艺术团文艺汇演，登台独唱《驼铃》。

新生入厂忆登台，青涩少年梦未来。
岁月如歌心未改，年华似水染头白。
炉膛火焰熊熊旺，桃李春风脉脉开。
钢铁工人真豪迈，勉提拙笔抒情怀。

徐向前元帅

古槐四百年，松柏耐严寒。元帅家何处？驱车赴永安。
黄埔珠江岸，青春红木棉。旌旗风猎猎，大别入云天。
悲壮西征路，血泪洒祁连。鏖兵太行上，仗剑斩楼兰。
生命献于党，骨灰撒向山。小院今犹在，人去终未还。

诗论

我以我笔写我心，少陵千古有知音。
乾隆四万八千首，未晓何诗吟到今。

你不懂

在太钢参加完会议，高铁返程途中即兴创作。想告诉年轻的大学生们一个"钢铁人"的领悟：要去伪存真，直面困难和挫折，报效我们的国家。

你不懂，
铁和钢，
来自幽深的矿床，
除氧脱碳，
去掉所有的伪装。

你不懂，
铁和钢，
出自火热的炉膛，
千锤百炼，
变作无比的坚强。

你不懂，
铁和钢，
运到广阔的沃野啊！

父母乔迁

在各行各业，
撑起共和国的脊梁！

因为你不干这一行，
所以不会懂。

不懂五八年的大炼钢铁，
不懂出第一炉铁水的欣喜若狂，
不懂四十年的波澜壮阔，扬帆远航，
更不懂企业关停，轧完最后一块钢的炉火熄灭，黯然
神伤。

岁月沧桑，
一代代钢铁人，
风雨同舟，共创辉煌。
变了模样，
十亿吨的产能，不再——
落后挨打，缺铁少钢。

多了总比少了好，
我不知道，
如果钢铁不是强国，
还有哪个行业在世界称强？

也许你还不懂，
为什么我来钢厂，
就像，
回到了家乡？

泮水弦歌

因为我穿了十多年的工装，
从事了很多科研专项，
在这里，娶了妻子，
生了儿郎，
栽下的桃李业已成行。

而如今，
我要用笔与墨，诗与文，
把钢铁行业纵情歌唱——
咱们工人有力量！

"双十一" 途中

最后两句有些打油，当时的真实想法，希望爱人购物很快乐。

山随晋冀远，落日照黄河。
飞鸟树犹绿，立冬苗满坡。
灯从淮北起，水到江南多。
十一逢双至，夫人快乐么？

父母乔迁

江南赋

　　朝发夕至，如今交通真是便捷。昨天还置身三晋大地，今日已回到烟雨江南。

花开绿未凋，雀闹柳枝梢。
鱼跃轻烟淡，鸟飞旭日高。
定襄饮汾酒，京口试狼毫。
唐人诗作尽？未有此逍遥。

有感

　　小雪节气，赴连云港参加宗亲会，永松会长驱车到徐州接站，等我几个小时。又，连云港东海县盛产水晶。

今夕明月又团圆，东海恰如在霍山。
世上真诚最可贵，水晶本色是天然。
初逢有意频频酒，再见无眠细细谈。
待我彭城申过未，弟心温暖怕兄寒。

花果山

再至连云港，才来花果山。
西天大圣去，东海老龙安？
有人猴傍路，无主洞垂帘。
进寺添香火，请书不问钱。

赞豫东霍绍新大哥

在花果山玉女峰合影，我个头最低。一路谈诗，他说起最喜欢刘禹锡的豪气。大哥喝酒豪爽，经常一饮而尽，原来以前开过酒厂。蔡文姬也是杞县人。

花果山头我最低，相逢同路细谈诗。
杞县自古多杞柳，平生最慕刘禹锡。
为人一世多豪气，对饮千杯不怯席。
自道难提当日勇，曾酿美酒蔡文姬。

菊

不与桃李竞春光，或厌蜂蝶逐蜜忙。
笑傲风霜和雨雪，独自花开独自香。

大雪

野鸭划破水中痕，一盏灯光一户人。

行至稀疏杨柳色，听来婉转鸟禽音。

日出雾散本无魄，霜浸草存自有根。

满目江南萧瑟处，一夜东风万里春。

公祭日有感

　　正在图书馆看书，突然想起今天是"国家公祭日"，动情写下了这首七律。

三十万死每惊心，与我并非两样人。

俱有弟兄与姊妹，谁无儿女共双亲。

鸡鸣寺钟连昼夜，紫金山木复冬春。

夫子庙前多笑语，秦淮流泪到如今。

赠霍州市人大朱源洪副主任

12月16日，朱源洪副主任和霍日炽先生来镇相访，作诗以记之。

霍山脚下怎能忘，兰亭集序尚珍藏。
为官父母一方幸，泼墨丹青满室香。
非君开门纳远客，有祖寻根到何方？
一醉方休今夜事，谈完艺术唠家常。

赠沪上宗亲日炽大哥

平生最喜四方游，白鹿坐骑到润州。
曾是蟠桃宴上客，青春永驻八十秋。
魔都两送灯光立，玉印一方情谊留。
美酒今夕须痛饮，知音相见再无求。

钢铁缘

见到珠钢兄弟，想念济钢弟兄。

冬至广州有大缘，知交又带故人还。
凡尘岁岁添白发，美酒杯杯醉红颜。
炉火一朝成永寂，激情今日又重燃。
鲍山脚下春将至，叶绿花开似旧年？

父母乔迁

089

赠妻

谁能想到，当年羞涩的她，如今会在晚会上着藏裙、做独舞呢！

年年花会老，日日见妻新。
晚会作独舞，翩翩着藏裙。
羞涩当年事，掩口笑对人。
平淡真情显，相知岁月深。

2019
年

致
真
用
诚

章 节 前 言

　　这一年，我把微信名由"致良知"改为"致真诚"。万法同源，殊途同归，一切圣贤皆以无为法而有差别。但同"良知"相比，"真诚"更容易被现代人理解。"少一点套路，多一点真诚"，时代需要真诚，社会呼唤真诚。这些年我接触了很多人，认识到自己的局限，也在逐渐进步。"德不孤，必有邻"，只要走在"致真诚"的道路上，就会遇到很多"真诚"的人。

　　这一年，我创作的人物传记《草根丽人霍建华》进入收尾阶段。路遥说过：人们宁愿去关心一个蹩脚电影演员的吃喝拉撒和鸡毛蒜皮，而不愿了解一个普通人波涛汹涌的内心世界。在写作的过程中，我不但走入了建华大姐的内心世界，而且对"真诚"和"独立"有了更加深入的领悟。

　　2017年年底，初逢常州，她便邀请我帮助完成传记。"大姐，我为人作诗都是一个'真'字，传记内容一定要真！""从小我就想写部自传，但文化不高，自己也记录了一些片段，绝对是真实的。是霍家的缘分使我遇上了你。"古运河边的午后长谈，九华禅寺的有口皆碑，嘉泽古镇的太湖烟雨，毗陵驿口的又到重阳……我对大姐的了解逐渐深入，也更加清晰地认识了自己。为完成这部传记，我倾注了很多感情、时间和精力，把大姐的人生按冬春夏秋四个季节展开，文字、标题、书名、封面都是亲力亲为、精益求精。

　　建华大姐的独立不是从书本上学来的，而是源于天生的真诚和生活的磨砺。《中庸》上讲"自诚明，自明诚"，她因为天生真诚、个性独立，收获了幸福和成功。那么我们只有先学会真诚，才能走向独立。"大学之道，在明明德，在亲民，在止于至善"，就是要求我们要学习真诚。"天命之谓性，率性之谓道，修道之谓教"，人和

洋水弦歌

动物的区别就是人可以通过教育回归真诚。中华优秀传统文化是中华民族的根和魂，真诚、独立、平等的精神就根植于这片古老的土地上。因此我满怀深情地写下：谨以此书献给厚德载物的神州大地和自强不息的中华民族。

这几年可以说是我的漫游时期，去过很多以前没去过的地方。成都的杜甫草堂、武侯祠、都江堰，西安的大雁塔、小雁塔、卧龙禅寺、大兴善寺，宁波的天一阁、阿育王寺、雪窦山……这些年，以文化作缘，我结交了许多萍水相逢、素昧平生的好朋友。"书中晤圣贤，常与高人谈，闻弦知雅意，处处结善缘。"来自生活的体悟，需要在生活里践行、验证，这本身就是一个知行合一的过程。

9月，去烟台参加"蓬莱八仙文化研讨会"，投了征文，并作为主讲嘉宾，主持圆桌对话环节。更重要的是，"蓬莱之行"开启了我"钢铁诗人唯致真"的微信公众号。表达和创作对我来说是快乐的，但有时也很辛苦，有朋友夸我用词精准，这就像一把刀，越磨越锋利。"修辞立其诚"，把生活的体悟落实到文字表达，"致真"和"用诚"就融为一体了。

父母乔迁新居后，带妻儿回垦利过春节；"五一节"又回去给父亲祝寿；回济南和爱人的姊妹家人团聚；岁末回临邑老家看望小叔。"行住坐卧皆是禅"，无论到哪里，无论做什么，现在我都是走在"致真诚"的人生道路上。用自性的光辉照亮人生的旅程，同时也能为周边的人带来光亮。最好的情商不是左右逢源，而是知道自己到哪里去，并且坚定地走下去！

李烈军老师与我合著的《知行合一 致真立人》计划在2020年1月出版，华南理工大学出版社通知我们做最后的校对。之前我去深圳参加中国冶金作家协会第二届代表大会，并当选为常务理事。

构思雏形、理念提出、分享发布、推广践行、不断完善，经历了5年时间，新书出版可谓瓜熟蒂落，水到渠成。理念的产生是基于李烈军团队发展的需要，后来也是由他独立提出的，我只是在其中起了促进作用。可以这样说：李烈军在我的帮助下提出了"知行

合一 致真立人"的教育理念；而正是在他的鼓励和支持下，我坚定了 "致真诚"的人生追求。

《知行合一 致真立人》这本书共分为致真篇、知行合一篇、立人篇、理念篇、言论篇五部分内容。它源于我们的理工背景、钢铁履历和教育情怀，源于我们对于阳明心学、儒家思想乃至中华优秀传统文化的深入探索，源于"世纪巨匠，一代宗师"柯俊院士对我们潜移默化的影响，它也是李烈军老师对人生经历和教育、科研活动的总结。有朋友从出版的角度劝我们不要用"知行合一 致真立人"作为书名，但这是本书最为鲜明的特色，我们坚持了自己的观点。

面对世界，我们都不过是摸象的盲人。古今中外的哲学家也只是从不同的角度把握世界，可以说，所有哲学思想都是"致真"的路径。但是儒家思想扎根于现实社会，关注人伦日用，所说的"诚"正是要认真面对生活。《中庸》里说："诚者，天之道也。诚之者，人之道也。诚者，不勉而中，不思而得；从容中道，圣人也。诚之者，择善而固执之者也。"而"博学之，审问之，慎思之，明辨之，笃行之"，就是"致真诚"的方法和途径。"致真"和"用诚"其实是一件事，"认识世界"和"面对生活"是不可能分开的。

洴水弦歌

新年

放开小犬去撒欢，听鸟声声非旧年。

岁月恰如东去水，畅流无住总新鲜。

台历

久立案头成旧年，如今无用弃仍难。

翻来岁月如流水，过去光阴每一天。

柯俊先生

　　最近又在看《柯俊传》。柯俊先生是我老师的老师。北京科技大学四个双一流学科，三个与先生有关，其中"科学技术史"几乎是凭借其一己之力。有些人和事是不应该忘记的。

山河破碎求学路，抗战运输立功勋。

十载英伦破壁垒，三尺讲台唱阳春。

四海贝茵独树帜，九州电镜首燃薪。

冶金考古拓荒者，工程教改领航人。

春蚕到死丝方尽，钢铁强国梦渐真。

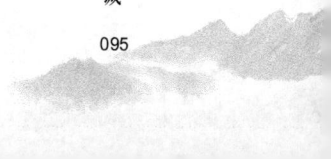

咏梅

独伴清波不惹尘，敢与霜雪斗精神。
报春不为争春至，看花谁是懂花人？

荔枝与蝴蝶

　　朱源洪副主任临摹白石老人的画，嘱我写一首七绝，寄寓春天
的希望。

纸上荔枝满目红，人间节气到深冬。
一蝶忽见凌空入，展翅似来趁东风。

近年

天天听鸟运河边，日日鸟声更近年。
灯火几家明复灭，光阴一岁去不还。
寻梅已晓阳春至，揽镜稍嫌华发添。
滚滚红尘心自远，人间有味是清欢。

腊月二十五

江南持伞雨中行，久在亭中听鸟鸣。
辞岁身闲独少事，迎春梅绽自多情。
一河烟雾一河碧，半树凋零半树青。
遥想家乡风景异，夜来梦里计归程。

泮水弦歌

岁末晨雨

亭中久坐欲归时，假日妻儿常睡迟。
小径为何忽细雨，莫非旧岁索新诗？

归途

父母乔迁新居后，带妻儿回垦利过春节。

高铁北行草木疏，黄河入海更荒芜。
儿于路上想心事，娘在家中计旅途。
滚滚红尘人渐老，苍苍白发爱如初。
风光虽是江南好，温暖三春总不如。

除夕

爆竹阵阵近除夕，半卧黄昏品杜诗。
对饮适才亲兄弟，闲谈当下好婆媳。
迎春老父添福寿，送岁小儿长见识。
人在中年心事少，闲来正好觅真知。

新春所见

　　父母新居是电梯房，在十二层，"择高处立，就平处坐，向阔处行"，心情大好。

尽收眼底民丰湖，璀璨烟花上下逐。
境阔心平高处立，如今美景此前无。

运河边

来去匆匆数日间，雪迎千里又江南。
轻风玉树梨花落，碧水红梅春色还。
岸上独行非旧岁，亭中久坐是新年。
风尘未洗家山远，那夜烟花飞满天。

春寒

一条马路远红尘，二月东风寒浸身。
睡眼惺忪青草色，春心荡漾绿縠纹。
玉兰树上苞将破，玄鸟声中日欲沉。
无奈内心常感动，纵知拙笔笑煞人。

后日惊蛰

阴雨江南暖日迟，初春将过告君知。
忽惊石落梅花瓣，蓦见岸生杨柳丝。
款款风来坡满绿，柔柔水去鸟轻啼。
踏青若待春光满，已到红尘春去时。

校园春色

树树樱花放，枝枝柳色新。
东风坡上草，处处鸟啼春。

柳絮

一盏青瓷新绿茶，鸟啼春色满园花。
江南四月如飞雪，却惹东风入人家。

听

枝头鸟唤绿春风，水暖蛙鸣蒲草青。
蝉噪林幽蚕对月，谁言岁月去无声？

春未老

　　最近越发能欣赏妻子了，与世无争，喜欢小动物，种了一院子的花。到了这个年龄，活出真我，快乐平淡，何尝不是一种自我实现！

闻说四月已无花，又是一年远芳华。
谷雨成实藏叶茂，柳风吹絮到天涯。
黄惊菖蒲凌波立，红见石榴坠露发。
偏有红尘人爱美，欲留春色运河家。

泮水弦歌

雨中

　　为了避嫌，我已很久不在朋友圈发诗了，但此时觉得应该更"率真"一些。

听鸟亭中久看波，半为避雨半消磨。
晨风动树鸥张翼，小犬歪头我放歌。
白发为何欢乐少？红尘因惧是非多。
直抒胸臆从今后，潇洒人生真性格。

院中

夕阳映晚霞，飞鸟正归家。
莫为红尘事，错失开落花。

赠妻

"相濡以沫，不如相忘于江湖。"但是水干了，谁能吐唾沫润湿彼此呢？

相濡以沫远江湖，尘世喧嚣只似无。
满院花香携手老，运河岸上好读书。

灯光

点点流萤夜色深，途经城市与山村。
家中一盏运河岸，陪伴独行万里人。

旅途

千山向北去，万水自西来。
东海朝阳起，南国夜色白。

华南好

华南好，四时百花鲜。桂香犹存辞岁日，春风遍开红木棉。
梅早放华南。

泮水弦歌

102

端午前日途中有感

绿水青山过楚天，大夫已去两千年。
美人易惹蛾眉妒，芳芷难存秽草间。
江上龙舟腾热闹，盘中粽叶裹香甜。
几人端午忆屈子，哪个暗中效子兰？

途中

三杯清茶已淡，一册闲书未翻。
旅途诗成数首，万里人到江南。

所见

　　昨夜的风雨让巢中的雏鸟跌落，看着于心不忍，孟子说："恻隐
之心，仁之端也。"

草中物出没，小犬莫惊奇。且听高树上，呀呀鸟声凄。
衔巢春风日，生子天暖时。入夏勤呵护，高飞已可期。
昨日暴风雨，跌落自高枝。大鸟无手指，幼雏少羽翼。
躲藏草丛间，惊慌何所依。上下与左右，盘旋泣雄雌。
咫尺虽得见，恰如远别离。人别有书信，可叹鸟空啼。

致真用诚

103

芒种

桃红藏叶小，青李落地圆。
惊花枝上满，粉艳作合欢。
犬卧亭边树，日落山外天。
听虫吟草岸，随风入夜还。

师友

江南有幸伴花红，亦是师生亦友朋。
世上若无桃李在，人间或许少春风。

送别

　　曾点曰："莫春者，春服既成，冠者五六人，童子六七人，浴乎沂，风乎舞雩，咏而归。"夫子喟然叹曰："吾与点也！"孔子曾这样称赞颜回："贤哉，回也！一箪食，一瓢饮，在陋巷，人不堪其忧，回也不改其乐。贤哉，回也！"桃李熟的时候，就是一年毕业季。

櫻花落尽叶成荫，那日迎新今送君。
吾与点也各言志，贤哉回也唯致真。
廿四节气恒无住，十二生肖又一轮。
岁岁种得桃李树，江南欣喜伴青春。

父亲

　　这首是"五一节"回老家给父亲祝寿时写的。当时父亲三杯酒入肚，想起才去世的亲家，竟然泣不成声。

昨天老父八十大寿，
却哭得伤心。
因为想起了，
嫂子刚去世的父亲。

不善言谈，
一如老农般拘谨。
三杯酒下肚，
便高谈阔论，旁若无人。

活在过去的世界里，
孩子般单纯。
说起曾经的岁月，
一似当年，不改初心。

磕三个响头，
养育之恩似海深。
年已半百，
水有源兮木有根。

内向安守本分，
坦诚不肯负人。
老实言行一致，

动情常抹泪痕。

走遍千山万水，
却更像自己的父亲。

我考上大学，
有很多人纳闷。
"农场聪明人太多，
相比老霍有些愚笨。"

父亲小名"桩子"，
据说耳中马桩能拴住金银。
他一直感念先生，
学名"兆福"预示了命运？

有位至亲和我说，
你爸没有半点儿坏心眼，
他再没见过别人。

天道无亲，常与善人。
这才是其中的原因。
但谁能做到至善至纯？

老铁匠

应宗亲华先大哥之邀，为凤凰山区 86 岁老铁匠作。

骨硬筋青惯赤膊，耄耋凭力讨生活。
眉间开阔近三尺，淡看人间苦乐多。

晨雨

伞落江南芒种雨，人行千载运河堤。
无心叶竞春花艳，有意风从夏鸟啼。
枝上果实垂玉露，水中锦鲤弄涟漪。
妻儿梦里晨仍早，正好拾得几句诗。

生活

打小不挑有口福，年将半百更知足。
四时瓜果轮流满，盘内妻盛桃又熟。

夏日清晨

鸟隐枝头清脆声，一蛙偶唤苇塘中。
娇羞美女花仍艳，青涩少年桃未红。
足底清凉湿露水，面颊惬意过晨风。
谁家小犬狂奔至，昨日路人今又逢。

入蜀

　　第一次到四川，一路风景一路诗。这里山清水秀、浪漫多情，有独具特色的巴蜀文化，还孕育了唐诗宋词的高峰。

九省通衢未向南，三峡西去楚云天。
朝发京口水连水，夜至蓉城山外山。
生前文章惊海内，去后日月照人间。
李白苏轼杜工部，久慕盛名始入川。

赠刘老师

　　网友相邀，素未谋面，欣然前往。"南阳诸葛庐，西蜀子云亭。孔子云：何陋之有？"原来扬雄读书的地方就在绵阳。

入川先向绵阳行，巴蜀文人多盛情。
对饮频添丰谷酒，相携同上子云亭。
西山景致蝉声远，曲院风荷柳叶轻。
乘兴而来尽兴返，沿途夜色万家灯。

泮水弦歌

蜀中

填词未熟，用诗又不好表达，于是我自创了这种五七言的形式。下面几首都是这样的。有朋友说我应该是个词人。

西蜀慕名久，东吴万里游。青山绿水藏秀气，天府之国人风流。闲来皆好耍，无事可生愁。

剑阁古今险，青城天下幽。浣花溪畔寻杜甫，锦官城外吊武侯。千古文章在，一任水东流。

锦里

心叹千秋事，身随天下人。桥边树下养精神。莫劝老夫惜光阴。此间风物好，直欲到黄昏。

飘雪碧潭茶，麻辣豆腐花。赋诗正好有闲暇。已忘独自在天涯。心中无挂碍，巴蜀亦为家。

赠妻

独宿青山下，夜雨滴到晨。鸟啼窗外满阴云。江水东流万里处。小院紫薇花，河边梦里人。

巴蜀风光好，无日不思君。路远更觉恩爱深。不屑相如才子赋。因为茂陵女，辜负卓文君。

赠宗浩

　　迎我都江堰，送我青城山。一路风光久留连。窗中阴雨情难舍。再会知何处？今生是前缘。

　　念君路渐远，忆君到江南。人海茫茫有航船。世上真诚最可贵。巴蜀佳绝地，本色自天然。

将归

　　于归途中写了首长长的现代诗《告别成都》，串联起成都和沿途的地理人文。

　　　　锦官城里雨连绵，宽窄巷中半日闲。
　　　　不舍明朝千万里，渐行渐远到江南。

过曲阜

　　　　沿路观风景，车中话圣人。
　　　　九州有木柝，万古未沉沦。
　　　　河远终归海，树高始自根。
　　　　开来需继往，泥古怎出新？

泮水弦歌

家宴

万里江南非远客，泉城美酒洗征尘。
红尘白发一年事，沧海巫山半世人。
喜见青春皆善饮，开心小子俱博闻。
亲生姊妹情依旧，兄弟相知岁月深。

赠王哥

二十五年前与连襟王哥相识于鲍山脚下，现在两人都不再年轻，济钢也已关停。

人心渐去道心萌，咫尺天涯作友朋。
对弈泉城同暑热，携行京口共春风。
如今饮酒皆随意，过去打球俱纵横。
青春炉火今何在？二十五载又秋声。

柿言

成熟岁月中，绿叶老秋风。
冰雪侵骨冷，风霜染色红。
颜回不改乐，原宪自甘穷。
诚者天之道，独立始从容。

致
真
用
诚

111

过三门峡

表里山河岁月中，雄关日落起秋风。
汉唐事业今何在？秦帝雄图早成空。

夜长安

灯火满长安，秋风入夜闲。
笑谈十里路，行过两千年。

再赠宗浩

天下诗人例入川，丛林自古遍长安。
青城山下才分手，兴善寺中再续缘。
子夜灯光同寝室，黄昏山路共闻蝉。
明朝折取灞桥柳，函谷关东秦岭南。

明日处暑

绿满河边芦苇高，秋风摆动柳枝梢。
飘然一叶身边落，啼鸟斜阳过小桥。

门前野花

春种一颗籽，夏开无数花。
临冬秋未败，过夜昼仍发。
香烈驱蚊蚁，色鲜傍木笆。
自非娇贵物，偏爱野人家。

西江月·九月九日

孟子曰："挟泰山以超北海，语人曰：'我不能。'是诚不能也。为长者折枝，语人曰：'我不能。'是不为也，非不能也。"在这个日子，纪念伟人。我们做不到他的伟大，但可以学习他的无私。

力健开天辟地，功高五帝三皇。惊风带雨著文章，
独步词坛豪放。
非恋风花雪月，偶书儿女情长。自觉萤火有微光，
或把周围照亮。

西江月·教师节

来到江苏大学是我人生中一个重大的决定，我当时诚实地听从了自己的内心。

桃李春风无数，深沉几度秋凉。虫吟切切桂花香，
霜染青丝鬓上。
莫道目光久远，一直感念济钢。携妻带子过长江，
自有人生方向。

秋声

切切虫吟草，嘤嘤鸟语风。
怦然银杏落，无处不秋声。

西江月·中秋

白鹭清波晨雾，浮莲垂柳残荷。野花傍路自婀娜，
可晓月圆今夜？
惯看花开叶落，随缘尘世消磨。人间何苦又佳节，
忽忆江南久客。

江城子·中秋节

桂花香暗紫薇鲜，运河边，小庭园。橘绿橙黄，榴重压枝弯。又是一年秋更好，家和睦，月团圆。

今宵千里共婵娟，黄河岸，渤海边。遍洒清辉，虫吟似江南。无悔半生人渐老，亲添寿，子成年。

南乡子·紫薇

摇曳满庭芳，紫气东来映南窗。沉醉秋风谁作伴？凉凉。白露虫吟明月光。

春色太匆忙，落尽繁华满地伤。点染秋风谁可拟？香香。米粒桂花今又黄。

西江月·苏轼

名动京师弱冠，生还南岭衰颜。世间无计驻流年，掩卷一声长叹！

自古人心擅变，从来仗义执言。清风明月入诗篇，求仁得仁何怨？

蓬莱阁

在江南的古运河边待久了，想去看看大海。正好看到"蓬莱八仙文化研讨会"的征文启事。

东海遥思万顷波，日出月没隐星河。
蓬莱山上凌风举，或遇八仙酒复歌。

蓬莱

凌空万里驭秋风，仙境飘然入梦中。
浪打沙滩翻泡沫，日出天际隐云层。
渔父扬帆逐水去，海鸥展翼伴人行。
运河已在红尘外，回首江南山万重。

临江仙·知音

姜老师是烟台的微信好友，来会议酒店看我，见面时已经很晚了。两个老男人半夜三更来到蓬莱的沙滩上，面朝大海，春暖花开。

我亦如君皆爱唱，奈何已至三更。老夫久未起豪情。
驱车朝大海，夜色放歌声。
远远渔灯明复暗，月光照破云层。心弦拨动共君听。
同为天地客，素昧是平生。

游戚继光故里

戚继光幼年就立下了"封侯非我意，但愿海波平"的志向。戚夫人乃将门虎女，从小舞刀弄棒，连戚少保也要让她三分。

极目飞鸥志入云，横槊马上赋诗文。
古今名将第一品，不怕倭寇怕夫人。

仙境

参观结束后，大部分人都返程了。热闹的情景突然冷清下来，心动赋诗一首。

八仙过海显神通，宴罢蓬莱俱隐踪。
今夜诗人谁作伴？邀来明月共秋风。

临江仙·观日出

离开蓬莱前，去沙滩上看东海日出。

将去夜来醒复睡，卯时怕误朝阳。门童告我海风凉。
男儿何所惧？歌啸对苍茫。
拍岸波涛惊欲倒，海鸥展翅翱翔。羲和驭日起扶桑。
江南何所忆？明日运河旁。

破阵子·国庆70周年阅兵

　　七十年来家国，百万里地山河。漫卷红旗连霄汉，广场人潮海似波。男儿尽操戈。

　　威武三军善战，六合能扫群魔。小我牺牲天下计，无悔青春献祖国。老兵白发多。

寒露

　　银杏枝犹绿，叶飘满地黄。
　　虫吟流水去，秋已过重阳。

东坡公园

　　在常州，东坡公园和九华禅寺隔桥相对。苏轼佛学造诣很高，但临终时拒绝念"阿弥陀佛"，终未皈依佛门。

　　东坡终未入佛门，独立红尘自率真。
　　九死南荒归此地，万民两岸仰斯人。
　　生前美酒醉风月，去后雄文泣鬼神。
　　当日翻云覆雨手？斗筲之辈岂足闻。

荆川公园听锡剧

荆川公园是为纪念明代抗倭名将唐顺之而建。在公园门口就闻到桂花香气，一男一女正在唱常州的传统锡剧。

毗陵十月桂花风，软语传香自动情。
为吐心中无限意，随他世上几人听。

西江月·桂花

不似牡丹艳丽，未如桃李缠绵。长成米粒也心甘，
却道君来何晚？
独立红尘本分，自开岂为人言？中秋月里洒江天，
寒露风凝香暗。

人间弥勒（雪窦寺）

雪窦寺中独建弥勒殿，后山上建有弥勒大佛。相传布袋和尚是弥勒佛的化身，笑口常开，肚皮很大。

秋高日丽白云天，自在清风八面山。
肚大能容天下事，常开笑口在人间。

致
真
用
诚

赠宪才大哥

霍宪才大哥是夏津人，我老家在临邑县，两地都在黄河以北，同属山东德州市。同姓同乡，同住宁波，同游溪口。

与兄初见恨何晚，霍氏同根情更长。
河北男儿多义气，腹中锦绣好文章。
青山绿水赴溪口，丽日蓝天沐佛光。
难舍相约分手后，江南更忆是家乡。

东钱湖骑行

万顷波光入眼明，吟诗踏浪驭风行。
放下无穷身外事，消磨半日作闲情。

宁波阿育王寺

相聚有缘寺内行，三人围坐话坛经。
动心拾取梭罗果，枝上因听落地声。

赞源洲大姐

　　源洲大姐的父亲毕业于黄埔军校。母亲出身于书香门第，"下放"时经常带着孩子们吟诗作对。从陕北到东北，再到海南，她现任霍氏米业董事长，在东北经营万亩良田。大姐经历不凡。

雍容华贵本天然，生在名门质不凡。
黄土秦风增厚重，白山黑水渺严寒。
家族扛鼎千钧力，商海观澜若等闲。
轻风细雨人心暖，滋润五常万亩田。

齐家

　　妻问："整天看书你不累吗？"我说："你种花种草，养猫养狗，累不累？"

我说花草太劳身，妻讲诗书多费神。
和而不同君子道，美美与共一家人。

致
真
用
诚

121

【十一月《初冬》等四首】

听冶金作家分享创作经验

　　永刚主席激情朗诵了《我对钢铁有份牵挂》；蒋殊主席的《重回1937》生动刻画了抗日老兵的形象。这就是文学的价值和力量。

钢铁并非无情物，诗人笔下有性灵。
英雄世上永不死，美女温柔写老兵。
莫道红尘太冷漠，文学能令百花生。
万法本从心内起，无关秋月与春风。

初冬

灯光先月隐，冬日晚扶桑。
疏柳一河碧，残荷两岸黄。
悠然鸭戏水，自在鹭飞翔。
任犬闻枯草，清风待路旁。

临江仙·打香橼

栽下迎来秋几度，日升月落匆忙。立冬又现叶间黄。
色浓凝雨雪，皮皱敛风霜。

久客江南相对老，卿非昔日娇娘。举头望似采槟榔。
红尘人有伴，世上少炎凉。

冬雨

草木江南落，黄昏入小亭。
鸟啼岸上少，灯火水中明。
远远传人语，幽幽伴雨声。
足边小犬卧，久坐起闲情。

运河晨·大雪作

碧波腾细雾，飞鸟入苍穹。旭日扶桑起，东海映天红。
春光人尽爱，冬景却不同。节气逢大雪，日月太匆匆。
久坐逢周末，高歌少人行。拴犬树枝上，鸟鸣诗意浓。
偶然逢老者，吟诵与渠听。何必知音赏，此是真感情。

问鸟

人尽盼春暖，我独喜夜长。河边迎旭日，岸上伴灯光。
枝上叶疏疏，水中苇苍苍。野鸭划碧水，家犬嗅白霜。
风入小亭内，啼鸟声悠扬。莫非心暗许，陪我运河旁。

性情

江南月下放歌行，对岸几家灯火明。
偶遇早行人莫笑，唱和因为鸟啼声。

冬至

江南地气暖，冬至天不寒。
坡下运河远，伞中思绪闲。
桥头黄叶上，亭内绿枝边。
驻足听鸟唤，烟雨久流连。

旅途

群峰排闼近窗前，草木葱茏云雾间。
飞雁衡阳难再远，列车又已近华南。
山川看去如披锦，诗赋吟来似坐禅。
万里心犹嫌路短，停留站内赋新篇。

西江月·思归

冬至群芳艳丽，花城叶绿风轻。东方宾馆鸟啼鸣，
忽忆运河暮景。

明日归途渐冷，江南不晓阴晴。灯光岸上又独行，
心共寒波寂静。

逃席

夜幕尘嚣外，自听流水声。
数息随意远，闭目养神清。
世上人无数，百年局一枰。
轮回如有信，前世定修行。

回乡有感

　　为看望小叔，我回了趟临邑老家。据说，东汉祢衡和唐朝孟郊
都是临邑人，各自写的《鹦鹉赋》和《游子吟》都千古传诵。

夜宿古漯阴，冬寒逼岁新。
千秋《鹦鹉赋》，万代《游子吟》。
祖业夷平地，青年厌旧根。
曾经堂兄弟，俱是白发人。

2020
年

本命年

章节前言

寒假前和学生们约好返校同去梅园看花。因母亲生日、侄女订婚，腊月里先后两次回到渤海湾。1月19日飞泰国曼谷，计划过一个不同寻常的春节。猝不及防，新冠疫情来了。

在曼谷的酒店蛰居到大年初三，按原计划返程。南京禄口国际机场落地一个小时后飞机才打开舱门，有惊无险，到家终于松了一口气。响应国家号召，不出门。期间为武汉人民担心，被白衣战士感动，对防疫形势越来越有信心。

随后准备网上教学，经过精心准备和多次试讲，采用雨课堂+腾讯会议+EV录屏进行，取得圆满成功。在家中不出门，教学方式迈出了一大步！"君子素其位而行，无入而不自得焉"，办法总比困难多。"素夷狄行夷狄"，"素疫情行疫情"，在任何情况下都要做该做的事、能做的事，这就是"真诚"。

当然，评职称也要真诚面对。我45岁首次参评，没有通过资格审查；46岁止步学科组答辩；47岁被高级职称评审委员会淘汰；48岁终于通过高级职称评审，很多人说这是实至名归、水到渠成。其实这是谋事在人、成事在天，评上评不上都有可能。如果评不上，我还是会真诚面对，只要满足资格，就会继续参评。

在我的诗里没有抱怨。有诗友说，诗的作用是"兴观群怨"，怎么可能没有抱怨呢？写诗是生活的一部分，我走在"致真诚"道路上，行有不得、反求诸己，尽人事以听天命。孔子说："不怨天，不尤人，下学而上达，知我者其天乎！"这是一个很高的境界。抱怨时代、社会、命运，抱怨别人，解决不了任何问题，而只有回过头来找到原因、想出办法、付诸行动，才能不断提高、不断进步。当然，认识到自身能力和周围环境的限制，明白哪些事能做、哪些事不能

泮水弦歌

做，"有所不为才能有所为"，也需要"反求诸己"。这就是不自甘平庸的"为己之学"。下半年，我又通过遴选成为江苏大学的博士生导师。

当职称评审通过的消息传来，爱人喜极而泣，说："太不容易了。"其实，更不容易的事还有很多。我们学会了真诚面对，有时会在一起回味。那些刻骨铭心的日子就这样融入生活中，缓缓流淌着。少了如胶似漆的缠绵，多了柴米油盐的平淡，感情却越来越深沉。

以前我爱操心，管得多，自己活得累，一定程度上也对我爱人造成了压抑。有时我还觉得委屈，付出了那么多也没有人理解，其实是不够真诚、独立。子曰："人不知而不愠，不亦君子乎?"《中庸》里讲：诚者天之道也；诚者不勉而中；致中和，天地位焉，万物育焉。爱是美好的，怎么能勉强、怎么会累呢?

婚姻是人生的一次重生。伴侣就像朝夕相对的一面镜子，投射出自己的不足。对镜子不满意，打碎了也于事无补。只有反求诸己，放松放下，不断进步，婚姻才能更加美满。这是我在学习传统文化中得到的启示。虽然她没想那么多，却越来越活出了自我。会生活的她，也带着我生活。有时她攥着拳头，弯着上臂，喊"女汉子"，我就哈哈大笑。谁能想到当年羞涩的她，会在晚会上着藏裙、做独舞呢!

现在我认为，世上最浪漫的爱情就是"执子之手，与子偕老"，并把体会告诉儿子和学生。情人节在 2 月 14 日，正当春天，万物萌发，而中国人的情人节"七夕"是在秋天。越来越觉得圣人的伟大，人有欲望就会"惑"，所以四十岁以后才能有所不惑。嗜欲深者天机浅，有些事不到一定年龄是不会明白的。

《知行合一 致真立人》新书发布会于 6 月 27 日在广州举行。该书的出版不是终点，而是一个新的起点，李烈军老师和我还在不断践行和丰富着这一理念。在教师节期间，华南理工大学李烈军团队于 9 月 13 日进行了"开学第一课"，由李老师和我主讲；10 月 19 日，李烈军带领宣讲团走进首都师范大学附属桂林实验中学，为在校师生及学生家长们作主题为"知行合一，致真立人"的励志报告。

有一次，华灯初上时，李烈军老师驱车带我途经二沙岛，夜幕下的"小蛮腰"亭亭玉立。"生活多么美好！"他这样说，他也一直在用自己的真诚、热情、乐观影响着周围的人。现在，我们的话题更多与"真诚"有关。他说自己不在意吃穿，也没有什么奢求。"君子食无求饱，居无求安。"在这一点上我们是一样的。李老师说起在漓江遇险的经历：当时他们乘竹排漂流，突然狂风暴雨大作，在人们都惊慌失措之际，他跳入水中，推动竹排。他说："我突然发现自己和别人不一样。"

的确，李老师有很多过人之处：精力旺盛、积极乐观、热爱生活、善于学习、懂得分享……乐于助人也善于助人，不知有多少人得到过他的帮助。在他提出"知行合一，致真立人"的理念后，周围的人都能感受到他的进步，他格局宏大、举重若轻、愈加平和。"尊德行而道问学，致广大而尽精微，极高明而道中庸"，将来能达到什么程度，还真的不可限量。

我出生在孔孟之乡，在 2020 年 8 月才第一次来到曲阜。入住阙里宾舍，房间了摆着《论语》，床头上刻着出自《大学》的"正心"。此行参观了孔府、孔庙、颜庙和周公庙，我更加认识到孔子的伟大，也更加了解了颜回。我开始用"真诚"解读《论语》，陆续在微信公众号推出。正如孔子所说："学而时习之，不亦说乎！"

新的一年

腊月回垦利给母亲过生日，写在新年的第一天

新的一年，
黄河岸上渤海边。
坐在路边的连椅上，
浮想联翩。

高铁真是方便，
坐看万水千山。
江南运河边，
是每次出发的起点。

吴楚湘粤，
绿意渐满。
在华南的沃土，
激情和事业，
如花红般欲燃。

鲁北老家，
正发生着巨变。
新农村建设，
把神州大地席卷。

母亲的生日，
在新年的前一天。
不知她许了什么心愿，
一口气吹灭蜡烛，
应该很容易实现！

四十八岁，
是我的本命之年。
心会永远年轻，
尽管岁月沧桑了容颜。

想与每个人交谈，
"真诚"是美好的体验。
它来自古今中外一切圣贤，
并不是我独特的观点。

有了正确的方向，
路就不会走偏。
致真没有终点，
能走多远就走多远！

江南

寒门有爱冬仍暖，小院非春花亦鲜。
不便只因多雨水，阻人常在运河边。

蝶恋花·小寒

新岁将临天欲晓，两岸灯光，一路闻啼鸟。日日独行今又早，江南偶被烟雨恼。

莫道七十从古少，母寿才添，慈父八十了。妻种满园花正好，致真快乐不觉老。

惜别

暂别弟子各归家，漫步梅林偶兴发。
岁早莫愁苞未破，春风再会满园花。

临江仙·伴侣

年少鲍山七月雨，惊鸿一瞥娇羞。眉头心上隐含忧。与卿携手老，结发到白头。

人美江南花竞艳，旗袍团扇温柔。做回自我更风流。徐娘多韵致，相伴再无愁。

南歌子·妻

　　才回老家给母亲祝寿，腊月十八侄女订婚，又和爱人踏上了归乡的旅程。

　　电抹半生过，霜侵两鬓华。大千世界似尘沙。
你我相依相伴过生涯。
　　共作江南客，同归海右家。才询高铁几时达。
笑靥沉沉转眼梦如花。

亲情

　　十三年久客江南，腊尽两回渤海湾。
　　父母逢年增福寿，嫂侄选日定姻缘。
　　夫妻携手任白发，兄弟举杯曾少年。
　　纵使春风来又去，亲情永远满人间。

卜算子·离别

　　夜宿大河边，转眼时将午。欲计离别多少苦，
打小实难数。
　　房内暖如春，缓诉真心语。次次爹娘包饺子，
又在锅中煮。

西江月·爱人

参加了侄女的订婚仪式，看过了父母，高速路上行车，去济南西站坐高铁。回头看，妻已经睡着了。

河北苍茫大地，奔驰午后如飞。回头婉转看蛾眉，
疲惫悄然入睡。

携手千山万水，一生一世相随。红尘紫陌再无谁，
可与卿卿媲美。

沁园春·归途

电掣风驰，万水千山，夜色向南。看流萤飞过，几家灯火；窗中倒影，肩枕妻眠。七月泉城，惊鸿一瞥，当日初逢俱少年。光阴过，叹添了白发，老却红颜。

回头往事堪怜，自做茧难遂志不凡。后书读万卷，青山踏遍；觅真诚路，行圣人言。古运河边，更栽桃李，雨雪风霜任自然。冬将去，共春风携手，再醉花前。

腊末

人嫌冬日总无晴，自在江南听鸟鸣。
一点寒鸭浮水去，数只野雀掠波行。
桥头枝坠枇杷雨，岸上叶摇芦苇风。
正是新年逢旧岁，萧条仍有半青青。

本
命
年

135

蝶恋花·芭堤雅

计划在泰国曼谷过春节，先来到芭堤雅海滩。

海送风来庭内早，欲抒闲情，漫把词牌找。树上呢喃音正好，天涯何处无青鸟。

料是运河天已晓，小犬乖乖，莫在家中恼。再见依然相伴跑，红尘却是一年老。

忆秦娥·早起

半生过，新年旧岁相交错。相交错，椰风海韵，昔人已没。

天涯无计逃日月，红尘自古光阴迫。光阴迫，凌晨听鸟，填词数阙。

沁园春·过年

除夕夜全家去暹罗广场吃泰餐，华灯初上，不知国内情况如何。

海外暹罗，热带风情，腊日未寒。有夫妻恩爱，亲人相伴；鲜花芒果，椰树沙滩。旭日填词，斜阳对酒，踏浪狂歌似少年。应服老，赖甥儿照顾，一路周全。

今夕又换新桃，且听我从头数旧年。忆孩童期盼，新衣糖果；中年多虑，柴米油盐。四纪人生，曾经沧海，谈笑巫山云雨间。华灯上，盼中华天佑，户户平安。

赠妻

曼谷新年夜未央，鲍山脚下运河旁。
二十五载携卿手，此心安住即家乡。

2020 年的冬天

2020 年的冬天，
特别漫长。
春节过了，
还不见春光。
梅花迟迟地，
不想开放。
运河边鸟啼，
听起来凄凉。

2020 年的冬天，
特别漫长。
连绵阴雨，
挡住了太阳。
明明在飞机上，
旭日舷窗。
回到人间，
依旧是云遮雾障。

本
命
年

137

2020 年的冬天，
特别漫长。
冷冷清清的大街上，
草木皆兵。
四面围城，
没有一丝声响。
口罩下的脸，
彼此把彼此，
——提防。

没有硝烟的战场，
敌人身在何方？
没有丝毫怜悯，
它们无孔不入，
一击致命，
惯于隐藏。

以我迷茫，体会他人的迷茫；
以我恐慌，体会武汉的恐慌；
以我无助，体会病患者的无助；
以我亲爱，体会失去家人的悲伤！

尽管我相信——
冬天终将过去，
梅花仍会绽放。
春天一定来临，
处处又洒满阳光。

泮水弦歌

我也知道——
用比较摆脱迷茫，
用享乐逃避恐慌，
用依赖抵消无助，
用时间去抚平悲伤。
直到把一切遗忘，
像人类曾经的苦难一样！

但我更希望——
病毒再也不会猖狂。
只有，
2020 年的冬天，
这么漫长！

本命年

庚子元宵节

黄鹤楼边江可怜，水流千里到苏南。
萧条街市空新岁，寂寞灯笼挂旧年。
早有红梅凌雨雪，才来碧草报春天。
白衣天使苦征战，为使万家好团圆。

立春·樱花

姗姗地，春还是来了；
迟迟地，梅就要开了。
春是花的季节，
梅是春的头牌。
随后群芳次第前来。
年年三月，
江城就是一片樱花海。

东湖岸上，
珞珈山下，
红尘中灿若云霞。
晴川汉阳树，
芳草鹦鹉洲，
桥头春江水，
烟雨黄鹤楼。

江滩上飞起的纸鸢，
和飘飘洒下的花瓣，
美成了一幅画。

二月过了，
三月就来了。
雨水，惊蛰，春分，
哦！
可别过了清明，
那时樱花已谢。
九省通衢，
可能恢复昔日繁华？
八方游子，
可能顺利安全到家？
大街小巷，
可听得见湖北佬笑语喧哗？
三军将士，
可能停止杀敌，归乡卸甲？

今天立春，
看到运河边的梅花。
就对传说中武汉的樱花，
有了一份深深的牵挂！

本命年

141

听《汉阳门花园》

听到这首歌，禁不住掉下泪来。"冬天蜡梅花，夏天石榴花……"

一曲汉阳门，春来不忍闻。
江城风雨后，可有看花人？

最美春色最美的花
——献给最可爱的人

蓦见篱旁三两树，
江南几户人家。
闻报梅园满枝丫。
料是沿江春色好，
一路遍开红梅花。

小区封门前，
天天去看。
惦念运河边那树。
青石上，碧水边，
今年开得那样艰难！

阴雨连绵，
心情像天一样灰暗。
疫情袭来，
更增添了冬日严寒。

泮水弦歌

142

过年如同过关，
什么时间，
才能——
看到春天！

"风雨送春归，
飞雪迎春到。
已是悬崖百丈冰，
犹有花枝俏。"

是谁，
勇敢担当，
消弭了国人的恐慌。
是你！
逆行江城，
带来了春天的希望。

白衣天使，
比战士更强，
根本看不清对手的模样。
白衣战士，
比天使更安详，
除了战胜魔鬼，
还要抚慰患者的创伤。

又一次，
中国让世界震惊。
愚公移山，
大禹治水，

有种精神在血液中传承。
调兵遣将，
抗击疫情，
不亚于两万五千里长征。

怀里暖着孩子的照片，
睡梦中可听见他哭着喊妈妈！
隐瞒了自己的行踪，
可想偷着给父母打个电话？
告别了心爱的恋人，
情人节你却没有收到鲜花。
夜深人静的时候，
面对满城灯火，
可想回到温馨平淡的——
小家。

那个不愿透露姓名的女兵，
在我眼中，
还是个娃娃。
因为生死未卜，
她不想让亲人牵挂。

"俏也不争春，
只把春来报。
待到山花烂漫时，
她在丛中笑。"

小时候家里那把旧茶壶上，
主席的诗句，

年近半百，
我才能体会其中的深意！

前线已传来胜利的消息，
这场战役将被历史铭记！

中华民族何以长盛不衰，
你们给出了最好的回答！
在平凡的世界，
总有那么一些人，
比我们更加——
无私伟大！

梅花开了，
春天就真的来了！

但是今年，
梅不是报春的使者，
因为更早，
已有花凌寒怒放！

今年春天，
梅也不是最美的色彩。
快看哪！
白衣天使们，
把尘世间装点得——
圣洁无瑕！

本命年

145

春天

门封不到运河边，身在围城克时艰。
惊见梅花枝上放，江城也已是春天。

口占

禁足反倒有闲暇，对坐夫妻慢品茶。
窗外才觉春色少，梅园已报满枝花。

线上教学

三尺讲台移在家，课堂分散到天涯。
春风自爱江南好，寂寞梅园数落花。

做饭

三月风撩树，暖意入厨房。
择洗需仔细，切炒莫匆忙。
无欲心可定，有爱饭才香。
生民千种事，饮食第一桩。

寻梅

细雨梅园草半青，微风拂柳鸟空鸣。
枝头影乱怜芳瘦，树下缤纷叹落英。
世上春来何太晚，江南冬去总无晴。
相约弟子待花放，花谢时节独自行。

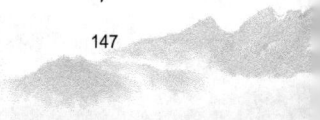

春日有感

无悔当年入教职，有情半百作花痴。
清风听鸟玉兰树，碧水伴梅杨柳枝。
浅笑迎春才绽放，含羞海棠尚迟疑。
莫愁四月群芳尽，桃李园中满果实。

英雄凯旋

新来桃李笑东风，渐暖九州处处同。
大地回春唯妙手，中华自古有英雄。
萋萋芳草离情满，杨柳依依别意浓。
与子同袍霜雪后，江城喜见早樱红。

花语

吐露芳华一片真，东风枝上久沉吟。
红尘皆爱好姿色，偶有蜂蝶来问心。

倒春寒

偶见雪白侵草色，时听鸟冷落樱花。
残红雨打分春去，嫩绿风吹沿岸发。
才见茸新藏柳叶，更思绵老到天涯。
新年庚子如今远，久客江南已是家。

夸妻

篱边栽下一枝花，百朵山茶红竞发。

春色满园多雅致，爱人半百好芳华。

阶前因鸟常留米，檐下为猫亦筑家。

不理红尘多算计，偏学农圃种蔬瓜。

久坐

四月江南最宜人，清明气候入春深。

何时草色从风绿，几处蛙声伴日沉。

啼鸟翩然归夜幕，跳鱼忽而弄波痕。

月光缓缓来相照，言语轻轻隔岸闻。

诗情

烟雨江南听鸟鸣，春波流碧草含青。

鹿门山内桃花岸，千载幽人共此情。

张静静

4月6日晚，山东大学齐鲁医院发布讣告，山东省第一批援鄂医疗队队员、齐鲁医院呼吸与危重症医学科主管护师张静静，经全力抢救无效，不幸去世。

清明花落虽无数，君去红尘最痛心。
怜夫境外哭妻子，念儿家中唤母亲。
湖光山色娇失影，柳雨荷风芳断魂。
回春妙手随春远，医者仁心为人民。

无题

玉兰花落枝生叶，银杏林青草满坡。
隔树黄鹂传笑语，映天碧水自春波。
心头有欲常苟且，眼下无求暂洒脱。
四月江南风物好，晨光岸上久消磨。

无题

池塘生碧草，春天落斜阳。
听鸟林荫道，看鱼古河旁。
常坐小亭内，偶书诗两行。
近来人散淡，久未梦黄粱。

本命年

花园

向晚夫妻阶上坐，悠闲指点满园花。
河边四月芳菲尽，俱伴春风到我家。

暮春

江南四月雨如丝，梦醒晨行听鸟啼。
芳草招摇风渐软，百花谢幕换青衣。

院中

驻足才为满庭芳，坐阶又听鸟啼长。
朵朵悠闲俏枝上，盆盆爆满矮篱旁。
云含谷雨天将晚，面带春风妻正忙。
人到无求方率性，花开自我始生香。

园中

痛肩宴坐为将息，午后清风伴日迟。
旧种紫薇生嫩叶，新开月季上高枝。
蜂飞缓缓逐花蜜，犬卧沉沉任鸟啼。
掩卷深思千古事，手中一册少陵诗。

河边

日斜光弄影，向晚鸟啼风。
常在红尘内，偶来大化中。
三春情有限，一望碧无穷。
凉意随波起，静听蛙儿声。

【五月《写在护士节》等二首】

写在护士节

　　受远在美国的同学邀请，参加首届"中华杯"全美诗词大奖赛，这首七律获得三等奖。

亭亭玉立美娇娥，燕帽白衣多圣洁。
似水柔情弥剧痛，如春妙手起沉疴。
九州又奏升平调，四海频传胜利歌。
当日逆行冲雨雪，曾经豪气动江河。

小满

坡上野花日渐高，岸边绿叶没枝梢。
鸟啼声里行幽径，蝶舞风中过小桥。
节气江南梅雨近，信息海外疫情遥。
清平世界心神定，忙为人间育李桃。

六月

　　去年寒假前和学生约好，开学时来看梅花。疫情期间，梅花默默地开，樱花轻轻地落，转眼到了梅雨季节。又和学生来到西山下、小湖边。

绿树成荫蒲草长，微风时送小池塘。
回眸去岁樱花放，转眼江南梅子黄。
才化风霜成雨露，欲将钢铁变高强。
弦歌未辍杏坛内，不止教人谋稻粱。

芒种黄梅

天河夜雨到晨倾，四下无人独自行。
伞中急促听撒豆，岸上苍茫观洗兵。
足踏贱屐能入水，身着短褐好迎风。
临波亭内时方早，偶有青蛙伴鸟鸣。

晨雨

啼鸟青枝上，鸣蛙绿苇中。
波浑两岸阔，风静一林空。
草木泽新雨，雷霆震古城。
三生人有幸，天地意无穷。

赞李烈军教授

庆祝《知行合一 致真立人》新书发布兼贺李烈军教授耕耘杏坛
10 周年。

躬耕屈指仅十年，桃李如今花满园。
有梦恰逢新时代，无私方是好儿男。
知行踏上合一路，致真写就立人篇。
万里鹏飞风正举，九州星火欲燎原。

泮水弦歌

傍晚

黄梅雨暂歇，新翠岸边多。

携犬行幽径，听鸟放欢歌。

红尘年过半，清风价几何？

心中无挂碍，便是好时节。

偶得

风吹蓝雪落，叶动紫薇发。

青春未去远，妻种好多花。

小暑黄昏

蒲草桥头阵阵风，林中处处鸟啼声。

翩翩偶见飞白鹭，澹澹波光入小亭。

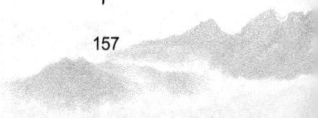

恬淡

运河为伴犬为朋，雪月风花听鸟声。
鱼在水中天自远，此间万物不相争。

晨光细雨

枝头红更艳，篱畔色尤蓝。
檐下粉含露，落花瓣未残。

黄昏

河水东流日坠西，鱼翔浅底鸟轻啼。
行从幽径人迹少，坐到小亭暮色迟。
缕缕清风摇草木，丝丝惬意化歌诗。
闲情无限红尘外，偶起涟漪心自知。

西江月·对岸

蝶舞清风自在，雀依绿柳悠闲。鹭飞鱼跃水中天，
一夜运河涨满。

招展紫薇艳艳，害羞红果圆圆。江南七月又闻蝉，
啼鸟应答两岸。

水调歌头·运河边

雨后江南岸，晨在运河边。欲滴才洗青绿，处处鸟啼闲。应见波横水溢，自在翩翩白鹭，展翼任来还。鸭去水中远，鱼跃浪花翻。

正七月，值夏季，遇灾年。疫情暂缓，多处洪水又当前。都有妻儿老小，都有田园家计，可叹民生艰。昨夜人不寐，卧听雨潺潺。

西江月·大暑

大暑人间正热，小风岸上微凉。枝摇犬卧鸟啼长，静静波光荡漾。

忘却红尘滚滚，远离人海茫茫。一年四季运河旁，细味阴阳消长。

浪淘沙·桃花源

夜雨润江南，晨雾悠闲。风中绿动鸟啼欢。久坐亭中与卧犬，伴水微澜。

上下五千年，何处桃源，怡然自乐运河边。可叹武陵人未晓，耕种心田。

孔庙

青苔地上落槐花，松鼠自去唤不答。
鲁壁杏坛与故井，闲飞鸟雀圣人家。

颜回赞

　　想去孔府，却意外先到了颜庙。如果不了解颜回，就读不懂《论语》。

瓢饮箪食居陋巷，众忧我乐有何妨。
博文约礼平生志，用舍随人自行藏。

立秋

伏末晨犹热，秋声处处闻。
枝繁一叶落，草茂万虫吟。
红莲出碧水，清风过淡云。
运河十数载，日日早行人。

桂林印象

学术会议安排在桂湖饭店。"桂林山水甲天下"让人迫不及待，天未亮就绕湖而行。

意向青山去，沿途碧水流。
蝉噪三伏尽，虫吟处暑秋。
云伴八千里，日行二百州。
漓江昨夜至，晨在画中游。

漓江印象

眼中有景道不出，腹内才思寻却无。
漓江归去逢君问，山水行船入画图。

漓江放歌

白云蓝天上，青山碧水流。
风从窗外入，人在画中游。
情本缘真性，诗非为应酬。
如遇刘三姐，对歌缓行舟。

阳朔遇龙河畔赠李烈军教授

暗画群山色渐明，微风凉透满天星。
言谈时伴虫低语，静默久随流水声。
常遇今生虽有幸，再逢此地恐无凭。
同船昨日山歌里，过尽漓江万峰青。

水调歌头·归途赠李烈军教授

归途中，想起桂林山水，想起漓江放歌，想起在遇龙河边，夜半三更看满天繁星。

挥手自兹去，感动在归途。桂林山水同醉，情景世间无。万座青峰竞秀，一道澄江似染，朵朵淡云浮。齐唱刘三姐，情共性中出。

星光下，三更夜，遇龙湖。不欲离去，流水虫吟凉意足。仰望苍茫宇宙，体会百味人生，更多是幸福。真诚立天地，无愧大丈夫。

临江仙·秋

丝雨润肤凉意起，虫吟自在清风。波平两岸镜中明。
出神人欲化，影动见飞鸿。

垂柳枝头一叶落，飘然坠地心惊。人间莫怨暑气蒸。
君听从此后，处处是秋声。

沣水弦歌

秋意

世上七夕过，人间秋气凉。
虫多吟茂草，树碧沐斜阳。
岸自千年远，河来万里长。
隋唐一片月，又照叶飘黄。

有悟

檐头水落紫薇花，晨雨亭中人有暇。
柔波鹭去影时动，茂草虫藏声偶发。
黄叶又逢秋萧瑟，白头不恋物繁华。
运河通江直到海，万卷诗书成一家。

南乡子·金秋

尘世欲何求？岸上天凉好个秋。朝日桂香东去水。啾啾。
啼鸟声中缓缓流。

不再觅封侯，且任风霜尽染头。兰澈九霄心万里。无愁。
白鹭翩翩爱自由。

西江月·中秋

鸡叫江南梦醒，虫吟草木清幽。扶桑日起水东流，
人在河边依旧。

若远若近往事，不冷不热时候。桂花香里又中秋，
思念新朋旧友。

一剪梅·中秋

花好风清夜自闲。云抹长天，虫唤江南。橙黄橘绿柿儿甜，枣
也圆圆，月也圆圆。

庚子回眸行路难。春日新冠，夏雨狂澜。桂花香里又经年，家
也平安，国也平安。

蝶恋花·秋日

万里蓝天深几许，秋色宜人，有鸟殷勤语。放任阳光恣意抚，
清风无限究谁属？

橘子沉思陪叶绿，月季凌霄，开口笑蝶舞。架上猫儿不捕鼠，
无求怎晓红尘苦？

西江月·寒露

白露凝成寒露，虫声弱了秋声。月华敛却桂花风，
黄叶飘然入梦。

多事何如无事，心空恰似虚空。花开蝶舞小园中，
丽日蓝天与共。

浪淘沙·秋雨

秋雨叶飘黄，寒露增凉。孑孑独在运河旁。昔日行人都不见，
桂也无香。

纵使雪加霜，那又何妨，诗人笔下有风光。更有如歌东去水，
慰我柔肠。

首师附中桂林行

李烈军教授面向 4000 多名桂林的师生、家长作"曾经少年爱追
梦，追梦半生仍少年"的大型励志报告。

又至桂林秋已深，金山脚下遍青春。
曾经年少爱追梦，半百人生梦立人。
掌似雷鸣声动地，气如鹏举势凌云。
多情化作风和雨，滋润天真与热忱。

枇杷花

据说枇杷十一月开花，次年五月结果。霜降日蓦然见到久违的枇杷花。

世上几多花未果，谁人曾见果无花？
风霜中比桂香晚，落叶桥头独自发。

泮水弦歌

晚秋

霜草步晨曦，叶黄听鸟啼。
亭中伴小犬，看水起涟漪。

浪淘沙·万平口

轧钢会议在山东日照召开，从会议酒店步行至万平口海滩。

天海远相连，浪打沙滩。斜阳西下彩云间。岸上游人声渐少，
灯火阑珊。
秋尽晚风寒，齐鲁江南。万平口内运河边。乌发成霜黄叶落，
似水流年。

生查子·老济钢

应邀到山东钢铁集团日照有限公司参加讲座交流，见到了许多
济钢的老同事和老同学。

依然炉火红，不在鲍山下。早已是山钢，总把名说差。
故人围拢来，唠唠知心话。仍复旧时光，只是多白发。

西江月·有感

累累香橼淡定，飘飘落叶从容。凌霄蓝雪笑西风，
锦鲤池中偶动。

无欲渐觉事少，有梦更晓情浓。熙熙攘攘红尘中，
谁把心田耕种？

临江仙·送别

在校园西山湖边，送研究生踏上去企业进行科研实践的征程……

蒲草残荷黄叶满，北风吹忆东风。樱花绽放柳枝青。
彼时初见面，今送汝南征。

纵使年龄差半数，依依不舍相拥。湖边论道致真诚。
人疑为父子，并坐是师生。

卜算子·恩师生日

柳得櫄教授是我的博士生导师，恩师生日，不能到现场贺寿，
同学们通过视频送上祝福。

地北到天南，别后常思念。微信群中送祝福，视频开生面。
福似水长流，寿比松康健。桃李如今花满园，曾赖君浇灌。

小雪

深感故人一片心，有缘初见即知音。
寒风时落街头雨，美酒频添座上春。

到长沙

久闻岳麓山，今日到中南。
唯楚有才俊，于斯聚圣贤。
虚心闻广见，洗耳受良言。
书院千年古，有香气若兰。

岳麓书院

"唯楚有才，于斯为盛。"湘江水滋养了三湘大地，岳麓山延续了千年文脉。

冷风吹雨细如麻，冬叶红成二月花。
文脉千年存岳麓，湖湘百代有贤达。
周张程朱皆同道，孔孟陆王是一家。
早已倾心闻圣教，平生今始到长沙。

冬日咏怀

灯光映水步霜晨，数点寒星月一轮。
东海朝阳常后至，江南啼鸟总先闻。
手种堂前桃李树，心交天下有缘人。
记得叶落花开处，十数年来冬复春。

西江月·大雪

大雪人间节气，江南细雨纷纷。风寒岸瘦偶逢人，小犬相陪无闷。

树上渐稀啼鸟，亭中久坐清晨。翩翩白鹭碧波痕，绿减黄飘红嫩。

年终总结

大雪远南国，冬深花木多。
青山环碧水，啼鸟向柔波。
有梦当发奋，无求更洒脱。
新年逼旧岁，日月似穿梭。

西江月·归来

一日行经四季，八千里路归程。忽如昨夜梨花生，雪落寒波更冷。

独爱运河景致，珠江亦恋春风。殷勤总有鸟啼鸣，世上知音与共。

南乡子·雪中

　　飞雪到江南，款款深情送旧年。世上回眸多少事？天天。
小犬同行运河边。
　　松桂耐严寒，绿叶铺白色更鲜。仍有鸟鸣鸭戏水。闲闲。
雨雪风霜任自然。

雪晨

　　不忍踏破玉绒毡，惊见西沉月正圆。
　　四季光阴东去水，万家灯火近新年。
　　摇动枝叶风萧瑟，啼开梨花鸟呢喃。
　　纵有苍茫盖大地，朝阳依旧上青天。

2021
年

文
化
与
教
育

章节前言

　　1月13日，广东博士创新发展促进会正式成立文化与教育专业委员会，我有幸担任专委会主任。文化与教育专业委员会的成立，是为了向社会广泛传播"知行合一 致真立人"的理念，并吸引更多的高层次人才加入，共同关注教育发展，坚定文化自信。习近平总书记指出："文化自信，是更基础、更广泛、更深厚的自信。"

　　3月15日，《江苏大学报》（第439期）转载了"学习强国"山东东营学习平台上发布的文章——《我的文化自信之路》。在这篇文章里，我回顾了走上"文化自信之路"的人生历程：幼年的我受到以红色精神为灵魂的革命文化潜移默化的影响；青年的我在社会主义先进文化的滋养下健康成长；从事教育事业后，我逐渐认识到中华优秀传统文化就是中华民族的"根"和"魂"，是每一个中国人的"大地母亲"，从中可以获取无穷的力量。

　　在学习中华优秀传统文化的过程中，我们发现：致真诚的路径和方法是——"反求诸己""知行合一"。孔子一生以"勿意、勿必、勿固、勿我"要求自己。很少有人能认识到自己的局限，"反求诸己"就是打破局限、放下自我，用真诚处理好各种关系，这有利于构建和谐社会。因此"知行合一 致真立人"就不限于人才培养，教育也就有更为广阔的含义。我们改变不了别人，也不要试图改变社会，唯一可以改变的只有自己！

　　3月20日，广州市金属学会党支部联合华南理工大学机械与汽车工程学院先进粉末冶金技术及装备研究生党支部举办了庆祝中国共产党建党100周年系列讲座之"文化自信"党课。党课邀请我作为主讲，由李烈军教授主持。

　　为庆祝中国共产党建党100周年，在李烈军教授的推动下，从5月

泮水弦歌

到 10 月文化与教育专业委员会举办了"学党史知行合一 讲自信致真立人——《毛泽东诗词》研究与鉴赏"的系列讲座。继获得"江苏大学 2021 思想政治工作研究课题暨党史学习教育专项课题"立项资助后，"毛泽东诗词学习与鉴赏"又获批成为江苏大学公共选修课程。

"诗有史，词亦有史。"毛泽东同志用诗词生动记录了在那段峥嵘岁月里的奋斗足迹、艰辛历程和辉煌成就。《毛泽东诗词》全面体现了以红色精神为灵魂的革命文化、社会主义先进文化和中华优秀传统文化，通过学习，可以引导大学生树立文化自信。另外，我们应该怎样向毛泽东同志学习呢？父母给我起的名字里就寄托着他们的期待。毛泽东是伟大的，虽然没有人能做到他那样的丰功伟绩，但我们可以学习他的真诚无私。孟子说："挟泰山以超北海，语人曰'我不能'，是诚不能也。为长者折枝，语人曰'我不能'，是不为也，非不能也。"真诚无私人人可学，孔子说："我未见力不足者。"

"内圣外王"是儒家的人格理想。《大学》"八条目"中"治国、平天下"的"外王"事业并非人人可为，是"诚不能也"；而"格物、致知、诚意、正心"的"内圣"之道，"是不为也，非不能也。"通过"反求诸己"致真诚，做到"知行合一"，追求"自我实现"，也可以说是当今社会的"内圣外王"之道。

疫情期间，我的外出活动明显减少了。陪父亲回老家上坟，回垦利给父亲过生日，在济南珍珠泉宾馆开特钢会议……广州去了几次，但比往年少了很多。旅途中坐看如画风景，有时间思考、赋诗，并不觉得寂寞。"有朋自远方来，不亦乐乎！"远方来的朋友也一定是很高兴的。我和李烈军老师在一起讨论科研、交流文化和教育，沟通对社会问题的看法。孔子说："友直，友谅，友多闻，益矣。"这是三种有益的朋友。我们经常促膝谈心、推心置腹，他也会带我参加一些活动，结识许多高人。我在运河岸上的思考得到了验证，在生活中得到了运用，每次与李烈军老师相聚都有很多收获、很大提高。"己欲立而立人，己欲达而达人"，每当我有了好的想法，都会毫无保留地说出来，李老师一般都会采纳，通盘考虑，做出决定。

暮春时节，我们在镇江夜宿扬子江边、同游西津古渡。秋高气爽，我们又相约在北京参加钢铁年会，不料出现疫情，在等待会议消息的同时，一起游览了天安门、颐和园、紫竹院等地。也有同学约他吃饭，席间说起同在北京科技大学读研究生期间的往事，同学感叹："李烈军和我们都不一样，不抽烟，不喝酒。"那时候跳交谊舞流行，李烈军性格活跃，经常去北京各大高校参加活动。"随便拍拖是对别人不负责任"，他告诉我。

在北京期间，李老师告诉我，他想要再出版一本专著。钛微合金化高强钢的研究工作起源于2004年在广钢集团珠钢CSP生产线上的新产品研发，到现在已经快20年了。其间，我们从企业来到高校，完成了从冶金工程师到大学教授的角色转变。在教书育人的同时，我们仍旧坚持进行钢的物理冶金研究，在高强钛微合金化技术的研究取得了一系列进展，到了对相关工作进行总结的时候了。

泮水弦歌

新年序曲

2020 年的月亮还未谢幕，
2021 年的朝阳已经登场。

哪户人家亮起了第一盏灯光，
哪只鸟儿啼出了第一个声响？
两岸草木来照它们的模样，
古运河水不停地流淌。

期待春花艳丽，
夏雨欢畅，
秋日的暖阳，
也喜爱冬天的苍茫。

走在人生路上，
知道该去的方向。

回头过往，均为序曲，
展望未来，欲谱华章！

抒怀

花儿几度开，乌发转霜白。
寒冷终将去，青春不再来。
仍存千里志，未负半分才。
老马识得路，缓步胜徘徊。

水调歌头

　　赴华南途中作。双鱼座的我，出生在黄河入海口，居住在江南的古运河边，和珠江结下了不解之缘。

　　人辞东吴地，日上楚云天。偕行黄鹤楼下，独转向华南。坐看神州万里，回首人生四纪，草木渐青山。坦坦履直道，何处不悠闲？
　　黄河旁，珠江岸，运河边。双鱼得水，此世领悟有前缘？且任风霜雪雨，淡看荣华富贵，耕种此心田。日落西山下，暮色过韶关。

华工小园

丽日蓝天午后，红花绿树小园。
人去江南万里，蝶来未晓风寒。

泮水诗歌

归途

粤湘鄂皖到苏南，渐暖来时去渐寒。
梦里珠江流热土，窗中绿水绕青山。
人于羁旅人行早，日在云天日近年。
回首花城无限好，归心已至运河边。

当下

行旅不觉万里长，一诗吟罢过三湘。
江城中转思黄鹤，无事闲来品老庄。

沁园春·大寒

　　又敛生机，草木萧疏，寥廓岸边。看冬至以后，昼长夜短；立春临近，欲暖还寒。旭日朝霞，斜阳暮色，听鸟聆风日近年。经霜雪，亦踏歌携犬，伴水微澜。

　　红尘谁晓清欢，任叶落花开顺自然。爱六朝烟雨，风流宛在；东吴故地，到处诗禅。一路行来，三生有幸，古运河在家门前。东风至，有青春桃李，共醉田园。

文化与教育

179

临江仙·疫情

又是新春辞旧岁，江南细雨独行。冷风岸上鸟啼鸣。
楚歌八面至，弓响满城惊。

犹忆梅开庚子晚，来年唯愿清平。假期正好养闲情。
可怜街面静，商贩怎谋生？

西江月·冬去

未计立春多久，只知冬日不长。逢人告我小桥旁，
已有梅花欲放。

犬卧林中自在，鸟啼岸上悠扬。清风碧水沐斜阳，
旁若无人歌唱。

卜算子·明日立春

常念旧花开，欲把新梅觅。且放犬儿在岸边，风冷人独立。
听鸟唤春归，见水留春碧。岁岁群芳次第来，未负思春意。

丑奴儿·立春

万年世上争强弱，谁是英雄？谁是英雄？春去春来总无穷。
四时岸上随缘过，谁与君同？谁与君同？花落花开两从容。

清平乐·迎春

春来何处？夜色别时路。潜入无声千万户，唤取东风同住。
无事频计归期，闲来灯下填词。唤起夫人冬梦，春来报与君知。

临江仙·初春

青鸟呼出朝日，碧波映入红霞。东风万物欲萌发。
银丝难数计，芳草又天涯。
已到江南多久？年年喜见梅花。此心安住即为家。
立春辞旧岁，雨水试新茶。

蝶恋花·正月初六

岸上春光无限好，午后东风，蜂舞梅花绕。天映碧波鸭浴澡，萋萋足下多芳草。

忆恋去冬生意少，落叶林中，独自听啼鸟。非是老夫生性傲，犬儿恐把路人扰。

雨水

春如女大十八变，玉兰枝上苞忽绽。
日照碧波水映天，鸟啼声里东风慢。
谁将节气暗中换？青石昨落梅花瓣。
芳草似觉逐日生，柳芽却是隔年见。

咏梅

风送暗香来，邻家小院栽。
江南随处有，春早傍年开。

菩萨蛮·滴水坊

滴水坊是位于广州大剧院的一家素食餐厅。于此获赠星云大师手书"花开四季，耕耘心田"条幅。

桃源寻在繁华处，有缘今夜同茹素。围坐论人生，发心皆坦诚。
菩提何处觅？世上无人易。各自种心田，花开月会圆。

有感

经历人生多少难，江南纵有倒春寒。
花开已现蓬勃势，无限生机不可拦。

临江仙·探春

夜雨滴出芳草碧，东风嫩柳如丝。江南又到探春时。
犬儿不欲返，顾我步迟疑。
啼鸟声中寻老友，年年印象依稀。红白正绽玉兰枝。
梅花已半落，桃李未开时。

儿的生日想娘啦

今天是个平凡日子，
江南鲜花盛开，
芳草如碧，
东风拂动杨柳丝，
满目春光听鸟啼。

今天是个特殊日子，
四十九年前，
黄河入海口千里萧瑟，
料峭春寒，
老霍家里传出了一声儿啼。

时光走过了半个世纪，
我苦寻着人生的意义。
纵平凡如一片树叶，
是谁把叶子带到这里？
要绽放成花的美丽，
是谁把这朵花儿孕育？

自以为走向了广阔天地，
却始终没有，
走出娘的心里。
只有老娘记着儿的生日，

年年记着儿的生日！

自以为把巫山沧海经历，
看惯了荣辱穷通，
生老病死，
已经学会了坚强独立。
忽又撩动了温柔的心弦，
忍不住幸福地哭泣！

咏柳

浅绿鹅黄叶未匀，稀疏枝动鸟啼春。
水面娇丝垂弱影，东风漾起绿波纹。

晨曦

波光荡漾入天光，芦苇苍苍柳色长。
啼鸟声声迎旭日，雾湿芳草菜花黄。

惊蛰三八节

运河三月好风光，春水南来扬子江。
鸭戏苍苍芦苇色，鸟啼袅袅柳丝长。
时见李花白胜雪，偶闻梅蕊暗生香。
海棠才吐娇羞语，桃树欲着浓淡妆。
枝头绽放风犹冷，石上凋零心未伤。
此生合在江南老，年年相伴有群芳。

三杯香茶叶总汇赞刘孝民兄

江南雨水试新茶，出自金山好翠芽。

古道热肠何处是，三杯香暖孟尝家。

浪淘沙·过济南

烟雨自江南，北上幽燕。渐失绿意莽苍间。

满目窗中余一碧，麦苗新鲜。

往事似云烟，忽至乡关。蓦然回首几十年。

物是人非鲍山下，又是春天。

临江仙·春日

沉醉花团锦簇，流连两朵三枝。红尘此物最相思。

非因富贵好，独对未开时。

谈笑一头白发，修行半百诚实。人生自古有情痴。

无关风与月，心动即成诗。

江南三月

江南三月众芳回，袅袅婷婷次第开。

细雨润湿桃李面，东风熏染海棠腮。

途中止步寻常见，岸上留心到处栽。

还是家中颜色好，妻将五彩入园来。

真情

寻友纵难乘夜雪，探芳总会沐春风。
运河细雨花千树，三月柔波百鸟鸣。
梅树已空香落去，樱枝仍满玉凋零。
桃花艳艳开依旧，经年未见海棠红。
莫言此是无情物，世上几人与君同。
不负人间来有信，依依相送远相迎。

丑奴儿·途中

少年心事空无限，梦在何方？梦在何方？花落春风满地伤。
百年世上今强半，路在前方。路在前方，夜色将临雨打窗。

广钢情

在李烈军教授主持下，为华南理工大学学生开展"知行合一 致真立人"之"文化自信"讲座。

映面并肩炉火红，共培桃李作春风。
年华流去珠江水，岁月未迁是赤诚。

赠徐汉文老师

感谢书法家徐汉文老师厚爱，挥毫泼墨，手书拙诗《临江仙·春日》相赠。

妙笔华南写我诗，江东心事有君知。
东风万里殷勤意，半百人逢春半时。

春分

渐觉池草绿，惊起数蛙声。
时闻枝上鸟，忘我在春风。

抒怀

江南三月待君来，桃李樱花次第开。
无限春风无限意，俱随美酒入胸怀。

赠志坚

山东兄弟聚江南，半百初逢有大缘。
明月送君千里远，归程何处忆金山？

泮水弦歌

水调歌头·鲍山（一）

　　回济钢途中，心情激动，浮想联翩。鲍山因春秋时期齐国大夫鲍叔牙而得名。

　　齐鲁窗中碧，千里到从前。青春岁月难忘，最忆是鲍山。沉醉花前月下，漫步林间径上，风动送流泉。指点钢城里，炉火昼夕燃。
　　世间事，难预料，雨云翻。那年别后，人非物是两茫然。今日重回故地，再见旧时老友，把酒作何言。独宿旧居地，彻夜或无眠。

水调歌头·鲍山（二）

　　济钢就在鲍山脚下。鲍山是济钢人休闲的去处，我曾数次来过这里。

　　梦里几回见，晨又上鲍山。花开叶绿稍晚，听鸟似江南。仍复旧时景物，路遇无人识我，别后许多年。霜雪染白发，岁月老红颜。
　　天下事，诚以对，有何难。尘埃落定，高低贵贱俱平凡。或道五浊恶世，或道桃源净土，念转一心间。挥手自兹去，再见且随缘。

西江月·清明

四月芳菲将尽，清明又见杨花。江南多久客为家，
难数镜中白发。

无悔教师职业，有缘钢铁生涯。人生滋味一杯茶，
细品春秋冬夏。

鹧鸪天·清明

枝上繁花成落英，路边芳草又青青。一年节气春将尽，四月江
南景物明。

林寂静，水波平，运河岸上养闲情。亭中坐对东风晚，偶有蛙
声伴鸟鸣。

园中

叶绿花浓百鸟啼，东风送暖两相宜。
流连午后春光好，待到江南暮色迟。

感怀

年年春草生，日日水流东。
回首垂髫子，转眼白头翁。
东晋风流在，南唐事业空。
千秋一弹指，当下有清风。

草花

岸边一片绿，心动两三花。
不在高枝上，草中默默发。

临江仙·夫妻

廊下黄昏久坐，江南春晚时节。风微香暗鸟轻歌。
运河花已谢，妻引满园多。

原本少人来往，近来无事琢磨。朝朝暮暮两公婆。
同随日月老，相伴慢生活。

浪淘沙·谷雨

水面看白云，风动波纹。鸟啼声里日西沉。
转眼清明又过了，绿意浓深。

世上五十春，返璞归真。运河岸上一闲人。
桃李长成花自好，非我耕耘。

浣溪沙·西津渡赠李烈军教授

在张家港参加"近终形制造技术高端论坛",会后,和李烈军教授一起返回镇江。

古渡西津夜已深,江风对坐酒微醺,忆昔阳朔数星辰。
我本世间落寞人,因君有梦渐成真,半生此际又逢春。

蝶恋花·春暮

扬子江边昨夜宿,灯火依稀,千古西津渡。晨雾苍茫山北固,
三国人物知何处?
岁岁江南春又暮,半百红尘,白发生无数。喜化风霜成雨露,
手植桃李心安住。

浣溪沙·春暮

花草满园伴紫薇,运河岸上步晨归,南窗听鸟绿茶杯。
落日沉西东又起,光阴逝去纵难回,年年桃李有芳菲。

五一节

鸟啼篱外树，蝶舞院中花。

久坐南窗下，夫妻对品茶。

平时人碌碌，今日有闲暇。

何必远寻觅，春风自在家。

临江仙·动身

　　早晨去运河边散步回来，太阳还未升起，妻子仍在梦中，我又踏上回乡的旅途。

　　散步归来日又晚，清风翠鸟啼鸣。花草摇曳自多情。

江南妻梦远，千里客来行。

　　渤海岸边春草绿，如今半百年龄。得失荣辱总无凭。

爹娘喜尚在，幼子已长成。

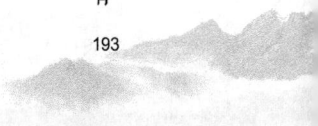

江城子·回家

人生无处不寻常，近家乡，却慌张。千里风尘，一路步匆忙。敲响门声情更切，不待应，唤爹娘。

夜来兄弟又同床，面沧桑，鬓成霜。亲热如初，一对小儿郎。温暖三春曾记否，今又是，暖春光。

生查子·立夏赠兄

江南千里来，三晚与君住。踏遍旧时歌，行过暮春路。
送君午后行，今晚人独宿。明日到江南，春已归何处？

鹧鸪天·赠老师与同学

三十五年过去，弹指一挥间。见到了上初中时的曹玉兰老师、王颖同学。

回首天涯不道远，说来咫尺似昨天。师执我手画春柳，当日同学俱少年。

经酷暑，历严寒，如今霜发对红颜。初心未改真诚在，世上春来春又还。

泮水弦歌

西江月·立夏

夏日河边皆绿，黄昏雨后新凉。枇杷青涩叶中藏，
忽忆春光模样。

年少如花竞放，成熟不事张扬。悄然结果淡然黄，
雨露风霜滋养。

有情

参加完外甥的婚礼，她们姊妹在家里闲叙，我和王哥在泉城夜
色中散步。

良缘天注定，礼毕始轻松。
灯火万家起，泉城夜色中。
世上亲姊妹，人间好弟兄。
前途多保重，无问在西东。

赠答

君寄樱桃二度红，一别桃李两春风。

人在江南终是客，又多牵挂在山东。

临江仙·芒种

又是一年毕业季，运河桃李成熟。寄言弟子奔前途。

红尘休俯仰，欲海莫沉浮。

无限青春花自好，非关耕种功夫。时光流水有还无。

回眸人渐老，心未改当初。

有感

学生毕业前夕，我和他坐在机械学院楼前的花坛边聊天。

五月逢端午，天闷汗如雨。

弟子将离去，临行叮复嘱。

何时来此处，白发实难数。

桃李年年熟，真心归素朴。

端午有感

楚王宫殿今何见，秦帝武功付笑谈。
自古英雄皆寂灭，长生哪个似屈原。

看白鹭

纵无双翼舞翩翩，虽历人生多少难。
仰望苍穹千万里，心中自有桃花源。

消磨

晚风消暑热，林鸟送清歌。
闲坐亭中久，偶瞧水上波。

江南梅雨

细雨任由湿短裳，高歌何怕笑轻狂。
林深倾耳辨新鸟，草茂驻足怜小芳。
流水光阴春又远，入梅天气夏仍长。
诗心世上漂泊久，或许江南是故乡。

夏日清晨

鸟唤出门去，晨曦带露归。
太极临碧水，时有鹭轻飞。

送别

每年毕业季，总会为学生写几首诗。

不舍年年到此时，深情蒲草柳依依。
一别明月他乡见，从此清风两地知。
温暖人间应有爱，真诚路上本无疑。
弦歌水泮育桃李，万里鹏飞自可期。

随缘

到南京参加"棒线材"会议，夜宿百家湖畔，第二天做完报告
后返镇。

京口江宁一日归，晨风处处鸟相随。
百家湖畔朝阳起，古运河边白鹭飞。

泮水弦歌

草花

无悔此生春去远，不因红紫羡高枝。
自然开放随缘长，摇曳清风夏至时。

夏声

蝉噪增暮色，鸟啼明五更。
蛙鸣芦苇岸，阵阵起晨风。

观看"庆祝中国共产党成立 100 周年大会"有感

百年大党风华茂，亿万神州尽舜尧。

未忘初心思过往，能担使命看今朝。

犬声吠日成何用？螳臂当车笑尔曹。

伟大复兴中国梦，江山永固战旗飘。

壮游

闻"三杯香"茶叶总店刘孝民兄天山之旅，有感而发。

沉醉人间诗酒花，壮心未老在天涯。

江南一盏黄梅雨，冰雪天山万里霞。

徐州南湖

济南的亲人驱车来镇，中途夜宿徐州南湖，翘首以盼。

七月人间似火炉，微风阵阵起南湖。

望君江北云千里，行至彭城半旅途。

随缘

慕名去扬中吃河豚，一家人有说有笑，其乐融融。

不辞路远为河豚，扬子江心入巷深。
盘内纵无滋味好，途中幸有景随人。

途中

三日相聚，亲人返程，未及相送，已在赴华南途中。

思君向北我图南，三日朝夕相见欢。
世上真情隔不断，沿途绿水与青山。

途中有感

为躲避南京疫情，自长沙东行沪上，途中遭遇台风"烟花"，忧心河南大水。

五岭三湘穗始发，楚天避道自长沙。
途中山水迢迢暗，世上云层滚滚压。
北望中原忧水势，东行沪上惧烟花。
金陵自古繁华地，风雨如磐暗万家。

心忧

河南部分地区水灾严重，台风"烟花"过境，担忧会雪上加霜。

银河昨夜自天倾，鸥鹭并排愁水平。
风卷乌云惊鸟过，雨滴碧树乱蝉鸣。
半生白发常忧患，四海新冠尚纵横。
若使烟花能永驻，中原不到卫辉城。

有感

雨后独幽径，日出伴鸟鸣。
河边水涨溢，树上叶飘零。
一载将秋季，三年尚疫情。
半生沧海事，何惧路难行。

泮水弦歌

七夕

与镇江一江之隔的扬州发生疫情。

京口扬州一水间，鹊桥洒泪满江天。
盼有中秋明月色，桂花香里报平安。

鹊桥仙·七夕

　　紫薇花上，促织声里，尘世秋风几度。二十七载到如今，算白发、凭添无数。

　　山东携手，江南共对，苦辣酸甜同路。一年牛女一相逢，怎能晓、朝朝暮暮？

京口感怀

三城咫尺大江流，两岸听虫夜共秋。
何日金陵风雨后，月明更在古扬州？

教师节致学生

为什么要做一支蜡炬呢？
它流尽了珠泪，
是那么可怜！

为什么要做一只春蚕呢？
它吐尽了茧丝，
把自己纠缠！

为什么要做铺路石？
难道可以在人生路上，
止步不前？

为什么要做阶梯呢？
虽年将半百，
我仍要努力登攀！

我愿意和你成为朋友，
漫步在美丽校园，
做心与心的交谈。

我愿意和你一起探索，
人生的真谛，
而不仅仅只有科研。

我想告诉你，
纵使冬日再冷，
也还是会有春天！

茫茫人海，
我们今生有缘！
浩瀚宇宙，
我们如此平凡！

你的成长，
也许和我的成长有关。
我的成长，
肯定有你的成长包含！

中秋对月

檐下清风闻促织，举头圆月似儿时。
半百多情唯有汝，陪人南北到东西。

又到大明湖

在济南参加特钢会议，夜宿珍珠泉宾馆，早起步行到大明湖
南门。

珍珠泉夜宿，晨至大明湖。
秋雨柳枝舞，碧波荷叶浮。
风光新若故，过往有还无。
回首来时路，人生亦旅途。

文
化
与
教
育

减字木兰花·仲秋

下午和济钢同事聊天，晚上与高中同学相聚。

偶然相遇，午后促膝谈至暮。白发红颜，再见同学过卅年。
泉城夜色，齐鲁如今来亦客。地北天南，何处相逢不是缘？

珍珠泉

枉在泉城住了很多年，久闻大名，却是第一次来到珍珠泉。

深宅大院隐名泉，曲径通幽闹市间。
拂面柳丝风细细，动心瀑布水潺潺。
一池秋碧知鱼乐，四下晨清听鸟闲。
独立红尘忧惧少，人间无处不桃源。

珍珠泉

济钢同事、老同学来看我，在泉边的亭子里坐着聊天。

秋雨如珠落玉盘，鱼游自在水中天。
柳丝垂下听人语，麻雀寻食上木栏。

秋分

飘然一叶落足旁，草木渐疏风未凉。
清脆鸟啼秋过半，桂花香里步斜阳。

首都霜降

灯火长安夜未央，车流人海两茫茫。
曾经十载随春远，又至三秋叶落霜。

紫竹院放歌

　　和李烈军教授一起参加钢铁年会，会议却因疫情取消。故同游
于山水之间，亦不虚此行。

高歌一曲抒情怀，人到五十胸胆开。
十载青春空过往，紫竹院里未曾来。

归来 （一）

深秋节气露成霜，切切虫吟草径旁。
运河几点星光下，风暗夜凝桂花香。

归来 （二）

都市繁华皆过眼，归心总在运河旁。
草中蟋蟀枝头鸟，河面晨曦地上霜。
眼见熟人开笑口，手拉小犬近身旁。
江南一岁冬将至，待我仍有桂花香。

贺松军、 文静新婚

　　人海茫茫，走到一起有多不容易！学生一个个都结婚了，做老师的由衷高兴。

江南万里去华南，携手从今到百年。
共忆人生多少事，曾经白发是红颜。

立冬

北地千城雪，南国万里寒。
秋随流水尽，叶落又一年。

冬晨对鸟

篱畔枝头鸟，冬晨向我鸣。
应答良久立，此乐是真情。

运河暮色

岸上行人少，灯光水面多。
当空明月照，远近星几颗。

缓步冬晨

东方渐晓淡晨曦，树色斑斓落叶迟。
时见鹭飞波上影，远行因爱鸟轻啼。

冬日偶得

周末江南烟雨天，夫妻对饮作闲谈。
猫来四顾南窗下，犬卧榻儿向小园。

洴水弦歌

赠友抒怀

冬至岭南寒却无，花红日暖洒青竹。

三生有幸常相见，百炼成钢共旅途。

蝶恋花·广钢人

李烈军教授带我和广钢的老同事吃饭，随后坐旅游巴士沿途观光。

日暖不觉冬过半，一路春风，十里柔波岸。山水江南寒意远，
小蛮腰下花枝颤。

方在琶洲塔下见，说起当年，未免唏嘘叹。莫看珠江流水缓，
如今回首沧桑变。

临江仙·赠徐老师

徐老师知道我来了广州，百忙之中前来相送。

美酒携来相送，心经赠予情浓。闲闲举止意从容。
重逢冬日里，犹忆沐春风。

前路天高地远，回头水复山重。红尘人在旅途中。
浮生应有限，感动总无穷。

回归

万里归途春返冬，园中尚有几花红。
珠江才见风光好，又在运河听鸟声。

泮水弦歌

2022
年

知
天
命

孔子说："五十知天命。"而今，我已经到了知天命的年龄。《中庸》说："天命之谓性；率性之谓道；修道之谓教。"

爱人问我："你看书思考不累吗？"我问她："你种花种草累不累？"这是天性。一位好朋友告诉我，他不愿当老师，"我为什么要面对不懂事的孩子呢？"而我当年从企业来到高校，是因为我喜欢当老师，我愿意同年轻人交流，把自己知道的告诉他们。这是天性。

"诚者，天之道也。"真诚，就是"率性"的道。"诚之者，人之道也。"修道以致真诚，就是学习和教育的目的。"诚者，不勉而中，不思而得，从容中道，圣人也。"圣人，就是真诚的人。"诚之者，择善而固执之者也。"博学、审问、慎思、明辨、笃行，是达到"真诚"的途径。这些话都出自《中庸》。

孔子认为，除了颜回，弟子中再没有别人好学了，他对颜回的评价是："不迁怒，不贰过！"孟子说："尽其心者，知其性也。知其性，则知天矣。"这就是"心学"的源头。

孔子也说过："生而知之者，上也；学而知之者，次也；困而学之，又其次也；困而不学，民斯为下矣。"除了少数人天赋异禀，大多数人只有在陷入困境、遭遇挫折时，才会停止逐物，反求诸己，审视内心，并因此有了生命的体验，"尊德性而道问学"，每时每刻、随时随地都在参悟，都在进步。正如《论语·雍也篇》中说的，"知之者不如好之者，好之者不如乐之者"。

的确，现在的年轻人面临着巨大的压力，但这不是不努力，甚至"躺平"的借口。每个时代的年轻人都有着自己的遭遇和挑战。20世纪60年代"上山下乡"，有人困惑迷茫、随波逐流、蹉跎了岁月，一辈子都在抱怨时运不济；有人韬光养晦、砥砺奋进、增长了

泮水弦歌

才干，在后来的改革开放中勇于担当、砥柱中流。

时代不同，每个人的基因不同，原生家庭不同，精力、智力、能力不同，成长的环境也不同，这些差别都是不可否认的。但"怨天尤人"解决不了任何问题。《中庸》里讲："君子素其位而行，不愿乎其外。素富贵，行乎富贵；素贫贱，行乎贫贱；素夷狄，行乎夷狄；素患难，行乎患难。君子无入而不自得焉。"

有个研究生告诉我，他喜欢"杨朱哲学"：想干什么就干什么，不想干什么就不干什么。我也把自己的真实想法和他分享：能干什么就干什么，因为有些事情我们干不了；该干什么就干什么，因为有些事情我们必须去做。

我理解的天命包括"命运"和"使命"两个方面。只有"反求诸己"，才可以始终知道自己能够做什么、应该做什么；只有"素位而行"，才可以始终做自己能做的事、该做的事，走在正确的人生道路上。"反求诸己""素位而行"分别侧重于"致真"和"用诚"，但其实没有分别，就是"致真诚"。

王阳明在《长生》诗中写道："千圣皆过往，良知乃吾师。"家中有父母，学校有老师，踏上社会后谁能帮助你、指导你呢？"真诚"就是最好的老师。老师不可能教给学生他不知道的东西，而原生家庭存在着种种的局限，离"真诚"一般还差得远。

来到江苏大学从事教育事业，是我人生中一个重大的决定，我当时诚实地听从了自己的内心。古运河边花开叶落，已有十五六次了，江苏大学毕业的学生也有十五六届了。似水流年，无悔无憾。

继 2020 年之后，我再一次获得江苏大学"我与三全育人"征文一等奖。我学习传统文化、写诗、写公众号文章都是走在"致真诚"的人生之路上，并不因外界的评价而改变。也许正因为如此，我得以更好地沉淀，获奖就是水到渠成的事情了。

2020 年 6 月，以专著《钢的物理冶金》为教材的课程"材料加工技术 B"整体入选"江苏大学课程育人示范教学设计暨教学改革典型案例"的优秀案例；2021 年 3 月，该课程又获评为"课程思政"教学示范课。"课程思政"不只针对课程设计思政环节，还把"思政意识"融入教学过程，这对老师的素质提出了更高要求。什么样的人才可以做老师呢？孔子说："温故而知新，可以为师矣。"商汤在澡盆上刻着"苟日新，日日新，又日新"，提醒自己：如果能够一天新，就应保持天天新，新了还要更新。真外无新。无论是"创新"，还是"日新"，都不仅仅是对学生的要求，也是对老师的要求。

2022年12月，专著《钛微合金化高强钢》出版发行。科学研究来源于生产实践，研究成果应用于现场生产，这本书是理论和实践"知行合一"的体现。"致真"既是目的，又是方法。因此，这本书是科研育人结出的硕果，也是"知行合一，致真立人"教育理念的集中体现！继"毛泽东诗词学习与鉴赏"后，"文化自信漫谈"又获批成为江苏大学公共选修课程。

我热爱"教书育人"的职业，更热爱"立德树人"的事业。这是我的"命运"，也是我今生的"使命"！

泮水弦歌

元旦

鱼跃水中天，鸟啼自在闲。
岸边人未至，谁晓是新年？

回乡偶书

年少时光何处寻，红尘半百幻非真。
不是爹娘兄弟在，故乡返似外乡人。

水调歌头·真诚

刚去了广州，又返回家乡，如今身在江南。

夜色行千里，岸上鸟啼晨。东吴南粤齐鲁，日日早行人。惯看花开叶落，经历风霜雨雪，心动化诗文。头上添白发，事过了无痕。

携妻老，看儿大，孝娘亲。身边小犬，数日桃李又及春。放下万般焦虑，且任一颗诚心，为己亦为人。愿效天行健，独立在红尘。

知天命

人到五十渐无疑，运河岸上忘心机。
红尘偶有烦和恼，亦如碧水起涟漪。

临江仙·半百

对岸几家灯火，枝头一鸟啼晨。运河岸上久行人。
红尘将半百，数日又及春。
莫道人生易老，只觉天地常新。千淘万漉始成金。
少年精力好，终日乱纷纷。

赞范金辉师兄

范师兄从上海来到川滇交界的偏僻小城——云南盐津，挂职副
县长，深度参与"脱贫攻坚战"！

峭壁沿江夹古城，白云常在道中逢。
都市繁华千里外，翻山越岭访民生。

大寒

穿林啼鸟总先闻，打叶寒风更近春。
莫道天天人行早，年年亦是早行人。

岁末

无惧西风冷，有情花更开。
踏枝啼细雨，雀似报春来。

散淡

闲随雨后气清新，漫步林中听鸟音。
小犬岸边相伴久，归来灯火近黄昏。

近年

近来万事不关心，偏爱沿河听鸟音。
行至来年春色里，花开万朵笑迎人。

知天命

知音

对岸灯光天渐明，行来暗里踏歌声。
运河总有知音鸟，远近相和最动听。

辛丑岁除

殷勤鸟在枝头鸣，携犬依然岸上行。
岁除今日河中水，年至明朝对岸灯。
朵朵春花将放艳，丝丝枯柳欲抽青。
回头三百六十日，几多风雨几多晴。

除夕

啼鸟声声辞旧岁，梅花朵朵待新年。
牛耕马作偶回顾，虎跃龙腾又向前。

临江仙·新年

又是新年逢旧岁，渐觉思绪纷纷。作诗问候远方人。
心中无宿怨，唯有亲与恩。

再至运河冬已去，除夕美酒微醺。梅花蓦见一枝春。
同归昨夜鸟，唤醒虎年晨。

半百抒怀

步随小犬莫着急，任嗅草中春气息。
鸭戏柔波浮碧水，鸟啼嫩蕊上枯枝。
虎跃有心人半百，牛耕无欲夜初一。
运河四季风光里，随手拾得几句诗。

寻梅

细雨如丝新岁来，随风化雪入胸怀。
闲行岸上听春鸟，为看梅花几朵开。

知
天
命

221

见鹭

寻梅伴雪抒情怀，惊叫翩翩见鹭白。

久立河中洲上草，双双招手不回来。

立春

门上春联红万家，岸边老树冒新芽。

鸟啼千里春波绿，梅领江南次第花。

西江月·雪中梅

鸭去划开碧水，鸟来踏落琼枝。春寒风送漫天急，
地上几行印记。

娇艳新扑粉面，淡雅更着素衣。运河岸上数枝稀，
遗世飘然独立。

写书

秋月春风棋一盘，访梅踏雪暂偷闲。

收官定在上元日，落子逢霜是去年。

2022 元宵节

又是新年至上元，假期纵使并无闲。
从今绿柳风将软，至此红花天不寒。
日日光阴随水去，双双燕子伴春还。
栽得桃李江南岸，不辍弦歌运河边。

西江月·正月十九生日

新岁时逢雨水，鸟来窗外轻啼。春秋冬夏且随之，
廿四人间节气。

回顾行来何处，曾经南北东西。风花雪月可成诗，
更有年年桃李。

晨行

月挂中天随淡云，日出东海照红尘。
鸟啼岸上人迹少，叶落花开冬复春。

早春

日落风犹冷，鸟啼草渐青。
枝头未绿叶，苇冠尽白缨。
携犬行幽径，过桥入小亭。
柔波摇暮色，坐久起闲情。

临江仙·咏梅

芳草悄然浅绿，玉兰将绽琼枝。鸟啼弱柳始垂丝。
红白依碧水，绽放正当时。

独占一双节气，引来三月生机。盈盈体态骨清奇。
人日同立雪，蓦见在除夕。

二月二

足边芳草绿，枝上鸟声欢。
拂柳风细细，掠波鹭翩翩。
未送梅花去，又迎白玉兰。
江南从此后，处处是春天。

惊蛰

春来啼鸟多，黄嫩柳婆娑。
晨风抚碧草，旭日浴清波。

折枝

时见花开树一丛，鸟啼芳草暖风中。
行人手里折枝艳，或是桃粉或梅红？

春色

疫情期间，小区南门暂封，去不了运河，在小区也自得其乐。

九州又泛疫情潮，春到江南处处娇。
三载曾经多少事？梅花落去又红桃。

运河边

月色送清风，波光几盏灯。
有人对岸语，断续起蛙声。

知天命

蝶恋花·清晨

桃李芳菲春正好，雨后晨风，处处闻啼鸟。烟柳岸边青未老，且由小犬嗅芳草。

周末红尘天尚早，行过桥头，亭内暂歇脚。碧水柔波心事少，孤鸿影过神飘渺。

临江仙·春分

春到春分春已半，春光偶遇春寒。疫情肆虐整三年。当时梅盼放，此际看梅残。

花落花开多少事，半生人在江南。运河岸上鸟啼闲。常觉春日短，春去莫流连。

江南雨后

啼鸟能销风雨狂，春寒未减好晨光。
园中绿叶承珠露，篱畔青枝吐海棠。

春日偷闲

迎春点缀绿萝间，柳丝垂下翠晶帘。
时令当值樱花放，落英满地枝未残。
河边幽径行来缓，青枝绿叶俱堪怜。
处处流连皆景色，帧帧记下好诗篇。
最美还是桃花岸，千娇百媚真好看。
海棠才吐樱桃口，春光留住为春寒。
行到鸟归天将晚，坐看灯火人世间。
晨风暮色运河岸，行来忙里是偷闲。

运河岸上

日落群芳隐，向晚鸟投林。
唯有春风好，无处不随人。

春雨

未恼江南烟雨频，纵然散步亦遭淋。
枝头且看春风里，一鸟隔窗唱殷勤。

天晴

鸟啼窗外晓天晴，春色无边未远行。
朵朵海棠应绽放，樱花片片又飘零。

知天命

227

丑奴儿·春情

多情谁似枝头鸟，怕误春风。怕误春风，轻唤红尘起五更。
多情更有群芳好，不欲春行。不欲春行，衣袂飘飘缓落英。

樱花

春波荡漾柳垂眉，岁岁看花能几回。
树上悄然一片落，风中或恐化蝶飞。

听鸟

时飞时落爱成群，才在枝头又入林。
处处迎人春日里，低吟浅唱在芳辰。

临江仙·春耕

暮色渐疏啼鸟，运河已没斜阳。樱花点点叶间藏。
桃空杨柳岸，瓣落海棠旁。
雨后翻嫌日暖，晴天亦恐风狂。近来岂不念群芳？
育人为本业，春种正匆忙。

放下

树色青青芳草多，微风和煦鸟轻歌。
纵有红尘多少事，斜阳小径久消磨。

清明

江南处处鸟啼声，悄绽芳华缓落英。
碧水柔波风细细，斜阳晚照草青青。
人间且任添白发，岸上无暇占小亭。
终日奔忙心亦定，半栽桃李半修行。

岸上

岸上此亭久，近来芳草多。
青枝风动叶，碧水鸟啼波。
世上半生客，人间三月节。
江南花又落，一日未蹉跎。

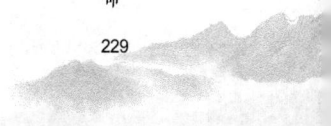

知
天
命

四月

四月人间天气清，斜阳晚照景物明。
运河岸上多游客，远望何人占小亭。
小犬低头不欲返，老夫亦爱走一程。
碧水岸边聆风坐，玉兰林里听鸟声。
年幼常觉春日短，如今反怕春风暖。
春风暖日百花落，百花落时春已晚。
江南看花整十年，踏雪寻梅春正寒。
知春早在冬至日，一阳来复春将还。
胜日游人来踏青，怎晓朝朝暮暮情？
起身待到鸟归尽，弯月当空路上灯。

临江仙·春暮

久坐青石岸上，凉风似起波中。斜阳树影渐铺平。
犬卧芳草憩，飞鸟入林青。
一日红尘暮色，万条绿柳春风。何缘此地度平生？
自得无尽乐，与世不相争。

蝶恋花·春暮

在运河边，不是每年都能看到柳絮纷飞，大概有时忙得错过了。

　　啼鸟知晨风雨住，唤醒红尘，莫把春光负。几点残红留碧树，众芳那日知何处？

　　未见江南飞柳絮，似水流年，又带春归去。日日行来偶回顾。运河岸上人生路。

随缘不争

当年五月枇杷成，运河岸上少人行。
偶见呼妻牵小犬，盆满钵盈坐草坪。
后渐人多不待熟，枝头五月枇杷无。
年年李树开花朵，谁人摘下青青果？
河边更有钓鱼翁，只钓春风不钓冬。
回首江南十几年，历经酷暑与严寒。
朝朝暮暮运河岸，重逢次次若初见。
一条马路红尘外，雪月风花等闲待。
晨伴朝阳暮伴灯，此心万物不相争。

谷雨

芳草夹幽径，淡雾锁青林。
啼鸟三春缓，蛙声四月沉。

西江月·春暮

篱外猫眠惬意，池中自在游鱼。枝摇风动叶徐徐，
花引蜂蝶乱舞。

久坐凉荫渐短，起身欲近庖厨。闲听鸟语昧空无，
终日红尘碌碌。

无求

浮叶波中随水流，鸟鸣树碧爱林幽。
犬因春色逐芳草，鱼为风光偶露头。

月季

好客送春迎夏忙，枝枝粉艳出篱墙。
江南夜雨含芳露，啼鸟晨风蕴淡香。

快乐

两千年前的庄子，
在濠梁之上，
看见了鱼的快乐。

就如春天的早晨，
我在运河岸上，
听懂了鸟的快乐。

立夏

犬儿芳草卧，林碧鸟轻歌。
落日余光影，逝水送春波。

临江仙·小满

梦里鸟啼晨渐早，黄昏犹惧斜阳。密林幽径小桥旁。
柔波白鹭影，叶动晚风凉。

听鸟随春花落去，蛙声夏日池塘。灌浆果实叶间藏。
一年收获季，胜过满庭芳。

夏至

半百无心争弱强，凌晨即起待朝阳。

鸟啼芳草运河岸，枝动清风小院旁。

锦鲤池中游树影，果实叶下躲阴凉。

一年节气倏忽换，几卷诗书日月长。

惬意

承珠绿叶鸟啼长，昨夜江南风雨狂。
未至楼头朝日晚，难得室外享清凉。

打太极

声声鸣蝉心不烦，阵阵啼鸟共人闲。
尽情挥洒汗如雨，偶见清风过叶间。

临江仙·凉晨

天上阴云遮旭日，清风起在三伏。花红叶绿几游鱼。
丝瓜爬架上，硕果待秋熟。
日日汗流常满面，难得此际全无。篱边久坐不归庐。
闲来听鸟唤，偶尔阅新书。

专心

人生自幼爱读书，渐把知行作旅途。
怪道蝉鸣与鸟唤，声声入耳适才无。

知
天
命

大暑

渐觉晨起有凉风，依旧江南暑气蒸。
或许今年天早热，听虫入夜似秋声。

重读《千家诗》

黄河岸上海风西，情窦初开年少时。
诗意江南终不改，满头乌发渐霜丝。

紫薇

蝉噪晨风啼鸟随，枝摇叶动几蜂飞。
岸边散步归来早，闲坐窗中对紫薇。

中伏

蜂飞蝶绕紫薇花，唇齿留香龙井茶。
夏日江南一夜雨，几丝凉意入人家。

对镜

故书堆里久消磨，早晚趁闲去运河。
黄昏昨遇倾盆雨，汗较今晨哪个多？

泮水弦歌

途中

吴地千山雨，楚天万里晴。

洞庭斜日落，湘水夜流萤。

经典随心赏，诗词闭目听。

花城人未到，但愿海波平。

七夕

广州连日阴雨，难得清凉。是夜，遥想牛郎织女鹊桥相会情景。

一岁鹊桥见一回，又得别后展愁眉。

无眠夜诉相思苦，泪向人间化雨飞。

浣溪沙·离广州赠李烈军教授

盛夏来时归已秋，青山依旧水长流。君今花甲我白头。

世上虽知难再少，红尘可喜有同游。人生路上渐无愁。

知
天
命

蝶恋花·旅途

南粤晨发时过午，绿水青山，万里归家路。诗作三湘听杜甫，白云相伴远荆楚。

世事常新偏好古，天命之年，渐把知行悟。沧海纵然如一粟，人生逆旅不虚度。

浣溪沙·中元节

七月树高芳草长，虫吟蝉噪运河旁，燃香化纸慰离肠。

世上无非皆过客，人间有幸伴糟糠。百年几度又秋凉。

西江月·末伏

行在草虫声里，传来树鸟轻啼。偶随风动叶习习，一片悄然坠地。

又是艳阳高照，依然大汗淋漓。热来何早去何迟，世上渐多秋意。

境由心生

运河岸上青青，嗅草犬儿不行。

无奈汗如雨下，反听暮色蝉鸣。

西江月·处暑

一夜秋风入户，满园花草轻拂。南窗手释圣贤书，久看夫人忙碌。

无悔今生与汝，有缘同在旅途。年年三九又三伏，经历几多寒暑？

有感

十八盘上莫干山，一望峰峦云雾间。

电闪雷鸣窗下起，楼台夜宴九重天。

莫干山夜宿

秋风近日起江南，雨后山中子夜寒。

古运河边灯几盏，吴蛮应似越虫喧。

知天命

239

清平乐·秋山

从南京一路行来，三伏才尽，莫干山中顿觉清凉。

伏归何处，凉夜山中宿。切切虫吟晨未住，青鸟飞来碧树。
雾中如画峰峦，白云天上悠然。书伴清茶一盏，秋风万里江南。

浣溪沙·桃源

世上几人能百年，红尘无计可逃禅。心中自有武陵源。
子夜山中虫切切，清晨水上鹭翩翩。秋风到处鸟啼闲。

清平乐·秋暮

亭中犬卧，阵阵清风过。啼鸟声声蝉叫破，寂静河边日落。
林间暮色渐深，途中少有行人。走向万家灯火，跟随一路虫吟。

白鹭

展翅起晨风，翩然飞入雾。
秋水与人隔，遥遥栖碧树。

西江月·凉秋

送去三伏暑热，迎来万里清秋。临风听鸟爱林幽，
暮色亭中凉透。
世上斜阳西坠，江南碧水东流。虫吟待到几时休，
绿意河边消瘦。

忆秦娥·人生

飞白鹭，翩翩影动秋波绿。秋波绿，白天欢娱，夜归何处？
少年怕把光阴负，今随日月心无住。心无住，种桃李树，走人
生路。

知
天
命

偶得

翩翩白鹭影，唧唧草虫声。
水碧天高远，一样爱秋风。

有感

翩翩白鹭碧波间，滚滚红尘几个闲？
年少若非春梦醒，不知高远在秋天。

白露

秋半天仍热，晚风汗未消。
斜阳行草径，碧树过石桥。
亭外蝉声噪，水中灯火摇。
虫吟凉夜色，月伴鸟归巢。

诉衷情·中秋（教师节）

我出生在渤海湾，求学、工作到过许多地方，来到江苏大学教书育人。

花开叶落水东流，岸上又中秋。虫声唤起凉意，邀往事月明楼。
桃李树，壮年游，海西头。命皆前定，古运河边，岂是人谋！

泮水弦歌

242

中秋

昨夜怜光满，今晨见日圆。
每天心不悔，何必叹流年？

台风"梅花" 将至

忽明忽暗满天云，行色匆匆路上人。
灯火时听风动树，万家静待雨倾盆。

丝瓜

不竞春光树，自开秋日花。
纵作盘中味，顺势亦攀爬。

秋分

古城山水碧，高天抹淡云。
时见飞白鹭，偶有桂香闻。
流年又黄叶，浮世久行人。
心知节气换，故伴草虫吟。

知
天
命

亭中

爱来亭内坐，闲看运河波。
心动时吟句，兴发偶放歌。
冬雪人迹少，春日花鸟多。
堪堪秋过半，忆夏又成昨。

迎接

久作江南客，更知姊妹亲。
半生有老友，一世可知音。
京口桂香暗，运河天气新。
唏嘘当日事，儿女已成人。

相送

江南最是忆山东，过往说来如梦中。
座上何时君再至，樽中莫使酒常空。

封控有感

白鹭晨风空掠波，草虫暮色自吟哦。
桂香八月随处是，听鸟亦如岸上歌。

重阳节

北望山河远，南来岁月长。
为何今日里，最是念高堂。

骤冷

岸上行人少，虫吟声渐稀。
碧波飞素影，白鹭落清枝。
秋送重阳晚，桂迎寒露迟。
天寒连日雨，疑到入冬时。

寒露

月隐蓝天远，日出秋水平。
虫吟今又少，仍有鸟啼鸣。

知
天
命

霜降

坐到日西沉，隔窗听鸟音。
一蝶园内舞，疑是小阳春。

近冬

运河岸上少行人，黄叶途中蛩不闻。
碧水晨风独过影，栖枝忆见鹭成群。

小雪

黄叶凋零忽忆春，鸟啼声里路缤纷。
江南冬日多阴雨，灯火更早近黄昏。

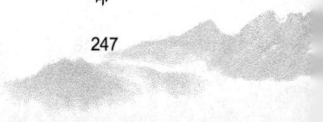

冬月

晚霞映入碧波红，听鸟林中暮色浓。

行至岸边灯火起，举头明月在苍穹。

破阵子·大雪

行过花开叶落，历经春夏秋冬。明月当空归暮色，
夜冷霜浓起五更。运河两岸灯。

一岁未回鲁地，半生久在吴城。世事纷纭多变幻，
早晚闲来听鸟声。杨柳待春风。

寒冬

江南冬雨细如丝，仍在人间大疫时。

树任寒风吹落叶，心随碧水起涟漪。

小儿可喜岁青壮，老父担忧年古稀。

腊月初六娘寿诞，归乡与否两迟疑。

冬晨

霜重夜长冬渐深，岸边啼鸟也难闻。

晨灯倒映寒波上，疏柳斜弯月一轮。

临江仙·冬至

水上寒灯倒映，天边旭日初升。无边落叶鸟啼明。
盈亏月又隐，屈指算年更。

世上灾情数岁，人间战乱频仍。艰难困苦向前行。
如今冬已至，不日又春风。

为考研学子作

寒窗辛苦十年功，一试今朝鱼化龙。

冬至无忧天气冷，世间可恨疫情凶。

人生历尽沧桑里，半百回眸岁月中。

直到白头方面对，青春年少怎从容？

知
天
命

后　记

　　在江南的烟雨中，我经常会想到天高地广的黄河入海口。1972年，我出生在人称"孤岛"的国营黄河农场。它北面是河，东面到海，春来芳草绿，白云接素秋。当年我是"学霸""别人家的孩子"，从小学三年级到高中毕业，基本都是班里的第一名。"人生识字忧患始"，思维是人类认识世界的工具，也是苦恼的根源。"直"是父亲给我的基因，他就那么自然而然地生活着。但我想得太多，很在乎别人的评价；要得太多，却不知怎样实现。学习成了我当时唯一的目标。

　　1989年，我以全县第二名的成绩考上了北京科技大学金属物理专业，从此也开启了我的"钢铁生涯"。大学期间，我很不快乐，自我意识严重，经常对号入座。"认识你自己"，是希腊德尔斐神殿的隽语，也是苏格拉底的名言。认识了自己，就认识了世界。如果对自己和世界缺乏正确的认知，又寻不到人生方向，就相当于在黑暗中摸索。

　　1993年，大学毕业后，我被分配到济南钢铁集团。前途迷茫，看不到未来，就拼命"踢球"。记得上夜班和同事喝酒，喝着喝着我哭了，同事问我："小霍，你怎么了？"这不是我要的生活呀！但我不知道自己想要什么样的生活，或者说我想要风光无限的生活，但太遥远了。幸运的是，我当时选择了"顺其自然，为所当为"作为自己的人生指南。"说食不饱"，思维解决不了任何问题，要面对人生、走入生活，尽管仍不自知，但我已经开始对"致真诚"进行探索了。

在鲍山脚下锻炼青春，娶妻生子，其间两度返回母校，继续深造，后来又去广州钢铁集团做博士后研究（科研流动站在上海大学）。读书可以改变命运吗？一纸文凭不会让人一劳永逸，任何学位也不能保证衣食无忧。孔子说"君子忧道不忧贫"，可那时的我还没有找到人生的道路。

2006 年，博士后出站后找工作，江苏大学招聘主页上满满的油菜花吸引了我，于是我携妻带子来到了江南。从事教育事业是我人生中最重大的抉择，我当时诚实地听从了自己的内心。这期间，我已开始写诗，当把阅读付诸实践，专注于感情的表达时，这就是"知行合一"的开始。

入职江苏大学后，受镇江诗禅文化的影响，我开始接触《心经》《金刚经》，第一次看到"无所住而生其心"。后来又阅读了《坛经》《维摩诘经》和印度哲学家克里希那穆提的作品。此后，在学习"阳明心学"的过程中，我逐渐认识到："心学是接近佛教的儒学，禅宗是接近儒学的佛教。"

在《尚书·大禹谟》中记载了舜告诫禹的话——"人心惟危，道心惟微。惟精惟一，允执厥中。"意思是说，人心变幻莫测，道心幽微难明，只有精纯专一、诚恳地秉持中正之道。这十六个字不仅是舜教给禹的治国方略，而且被视为儒学乃至中国文化传统中著名的"十六字心传"。王阳明认为，人心之得其正者即道心，道心之失其正者即人心。可以说，"心学"是中国传统文化的精髓，"致真诚"正是要完成"人心"向"道心"的转变。

东方哲学和西方哲学在许多方面都呈现出不同。具体来说，东方哲学讲天人合一，着重精神修炼；西方哲学讲物我相待，着重抽象思辨。笛卡儿的"我思故我在"和禅宗的"明心见性"，分别是运用思维和放弃思维的明显例证。如果说西方哲学是"爱智慧"，那么，东方哲学本身就是"智慧"。西方哲学"用脑"，东方哲学"修心"。"心学"和"心理学"不同，无论精神分析法、行为疗法还是

后

记

认知疗法，都是在"人心"里解决问题，必须依赖于训练有素的专业人士，而"心学"却可以使人独立走上"真诚"之路，最终到达爱与光明。

学生经常问我如何实现目标，我告诉他们要找到人生的道路。"师者，所以传道授业解惑也。"2006年，初登讲台的我还不能算是真正合格的老师。因为当时还有诸多的迷茫和困惑，怎么能承担答疑解惑的重任，做好学生的引路人呢？我是学理工的，但始终认为科学取代不了人文关怀。我们该如何平衡内心？如何面对人生和社会？如何面对生老病死？科学里没有答案。我就在传统文化中寻找答案，诗词学习和创作只是其中的一部分。

从"心学"入手，我了解了儒家思想的源流，也读懂了以儒家思想为代表的中华优秀传统文化：孔子所说的"仁"，《大学》的"格物""致知""诚意""正心"，《中庸》和"中庸之道"，孟子的"四端之心"与"反求诸己"，宋明理学和阳明心学……王阳明在《长生》诗中写道："千圣皆过往，良知乃吾师。"他认为，"良知"是最好的老师，"致良知"就是反求诸己。在《答聂文蔚》中王阳明做了进一步阐释："盖良知只是一个天理自然明觉发见处，只是一个真诚恻怛，便是他本体。"可见，良知即"真诚"，历代圣哲先贤一脉相承，正如拙作《游岳麓书院》所言："周张程朱皆同道，孔孟陆王是一家。"

"真诚"不能用"有"来定义，勉强可以用"无"去说明，"一切圣贤皆以无为法而有区别"。禅宗的三部经典《金刚经》《坛经》《维摩诘经》都是讲"空"的。《道德经》讲"实为体，空为用"。杯子能盛水是因为有空间，盖房子也是为了利用它的空间。"宇宙大爆炸理论"与《易传·系辞上传》的描述暗合："易有太极，是生两仪，两仪生四象，四象生八卦。"科研工作中所有的积累都是"有"，而创新来源于瞬间的灵感——"无"。诗词创作是这样，所有的生命也是这样。正如《道德经》所言："天下万物生于有，有生于无。"庄子《逍遥游》讲"至人无己，神人无功，圣人无名"，只有无所依赖，才能真正逍遥，只有"真诚"，才能独立、平等。

"真"和"诚"在本质上是没有区别的。相对而言，"致真"是运用思维的过程，"用诚"是放下思维的过程，"用诚"包含了"致真"的努力，"用诚"也是为了更好地"致真"。诗词学习和创作是一个"知行合一致真诚"的过程。诗词学习需要分别和比较，也需要领悟和体验；诗词创作源于心动，但感情的表达也需要冥思苦想。把诗词学习付诸创作实践，在创作中更好地学习，在"知行合一"的过程中不断提高诗词水平，就逐渐接近了"真诚"。

其实，科学和技术、理论和实践、做实验和写论文等都是在"致真"和"用诚"，只是分别有所侧重。"致真"的方法正如胡适先生所说："大胆地假设，小心地求证。""用诚"强调"实事求是""无过与不及"。马克思主义中国化也是一个"知行合一致真诚"的过程。毛泽东回忆说："到了1920年夏天，在理论上，而且在某种程度的行动上，我已经成为一个马克思主义者了。"这是共产党人对真理的追求。毛泽东又曾自谦地说："我哪里是什么天才的军事家和战略家，我只是比那些死背教条的人多懂得三条道理：人要吃饭，走路要用脚，子弹能打死人。""实事求是"是毛泽东思想活的灵魂。

王阳明和霍去病都是用兵如神的典范。王阳明巡抚赣南、平宁王之乱，霍去病五征匈奴、封狼居胥，军事上的成就不可思议，如有神助。两人的成就都在于一个"诚"字。平宁王之乱，王阳明先生若有一点私心、妄心，定难成功。汉武帝想教霍去病学习《孙吴兵法》，他却认为战场形势千变万化，并无定法可依。"毛主席用兵真如神。"这是《长征组歌》中的一句脍炙人口的歌词，他曾经说过："打仗的事怎能照书本？"正如《中庸》所说——"至诚如神"。

儒家思想是入世哲学、行动哲学，实践性是它的特色。《中庸》里讲："诚者，天之道也；诚之者，人之道也。诚者，不勉而中，不思而得，从容中道，圣人也。诚之者，择善而固执之者也。"孔子被称为圣人，显然他是"诚者"，王阳明、霍去病都是"诚者"，陶渊明、李白、杜甫、苏轼也都是"诚者"。而我们要做"诚之者"，学习诗词，学习军事，学习任何东西，都为了学习真诚。"实践是检验真理的唯一标准"，学以致用，在"用诚"的过程中检验"致真"的效果，通过"用诚"完成"致真"的过程，就是"知行合一"，就是"致真诚"之路。

我对《大学》中"诚意"的解读不是自欺欺人。写诗、学习传统文化是"致真"也是"诚之者"的过程。君子素其位而行就是"用诚"，不依赖、不逃避、不抱怨，该做什么做什么，能做什么做什么。诚者不勉而中，什么都是刚刚好，既不行险侥幸，也不能辜负此生。是鲜花就要开成花的模样，是芳草就是染绿一抹春光。"率性之谓道"，就是追求自我实现！

2020年1月，我与华南理工大学的李烈军教授共同出版了教育专著《知行合一　致真立人》，中国工程院院士、前冶金部副部长翁宇庆先生欣然为书作序。"知行合一　致真立人"是李烈军对人生经历和教育、科研活动的总结，正是在帮助李老师形成这一理念的过程中，我找到了"致真诚"的人生道路。从教十余载后，我终于可以自信地说：自己已经是一个合格的老师了。

孔子说："四十而不惑，五十而知天命。"四十不惑，是因为对社会有了全面的把握，对自己也有了正确的认知，"知人者智，自知者明"；五十而知天命，是因为明白了何为"命运"，明确了自己的"使命"，就逐渐接近于"真诚"了。有些事不到一定年龄是不会明白的，但我想，做老师的应该在学生的心里撒下种子，有了阳光、空气和水，种子就会生根发芽。孔子曰："生而知之者，上也；学而知之者，次也；困而学之，又其次也；困而不学，民斯为下矣。""生而知之"的人毕竟很少，只有通过学习才能走上"真诚"的道路。

"我用心写下诗句，用命寻一条路"。《大学》中讲"知止而后有定"，人生的诱惑和挫折太多，有了目标，才不会人海沉浮。我想把知道的、领悟的、验证过的告诉学生，但人生之路要他们自己选择。令人欣喜的是，愿意听的人越来越多，听懂的人也越来越多了。

泮水弦歌

在冶金工程专业课的教学中，我已经把"课程思政"有机融入教学过程，讲述"中国古代灿烂辉煌的科学技术""社会主义建设的伟大成就""科学精神和科学家的故事"，引导学生共同寻找"李约瑟难题"的答案，结合生活分享自己从钢铁生产"除氧脱碳""千锤百炼"得到"致真诚"的启示。我开设了"毛泽东诗词学习与鉴赏"和"文化自信漫谈"两门校级公选课，准备将来开设更多公选课。我想告诉学生，真诚、独立、平等是中华民族的基因，就是有那么一条道路，不用依赖外部力量，就可以独立走向真诚、爱和光明！

《诗·鲁颂·泮水》："思乐泮水，薄采其芹。"毛传："泮水，泮宫之水也。"郑玄笺："泮之言半也。半水者，盖东西门以南通水，北无也。"后多以"泮水"指代学宫。《庄子·秋水》："孔子游于匡，宋人围之数匝，而弦歌不辍。""弦歌不辍"的意思是以琴瑟伴奏而歌诵，用来表达保持教化育人的精神。

教书育人是我的职业，我也在不断学习，走在"致真诚"的人生之路上。大运河在江苏大学之南不远，我每天在运河岸上吟唱，故这本诗集起名为《泮水弦歌》。

后

记